Sonja Bullen

Zimt schnecken küsse

PINK • Ein Imprint von Oetinger Taschenbuch

Für Dirk, meinen Jesper

PINKpressum

PINK • Ein Imprint von Oetinger Taschenbuch

Auflage 2014

Originalausgabe

Umschlaggestaltung und Motiv: Hauptmann & Kompanie
Werbeagentur, Zürich,
Fabienne Rutishauser
Druck: GGP Media GmbH, Pößneck
ISBN: 978-3-86430-013-4

FSC www.fsc.org MIX Papier aus verantwortungsvollen Quellen FSC® C014496

www.pinkupyourlife.de
www.facebook.com / pinkupyourlife

01

»**ICH WERD WAHNSINNIG!** Ganz im Ernst, ich ertrag das nicht länger.« Ich kann einfach nicht anders, als zu den Bänken rüberzustarren, wo Patrick sich mit seiner neuen Flamme sonnt. Die beiden kichern und halten Händchen, als würde es dafür einen Preis geben.

»Mensch, Tamara, ich verstehe dich ja, aber ein paar Tage musst du schon noch durchhalten.« Mia streicht mir aufmunternd über die Schulter.

Wie konnte er mir das nur antun? Erst das ganze Blabla, Tamara, du bist so toll, ich liebe deine blonden Haare, dein Temperament und deine Sommersprossen, deine grünblauen Augen sind echt der Hammer, und so weiter und so weiter. Wir haben so romantische Nachmittage miteinander verbracht. Immer wieder kommt mir das Bild in den Kopf, wie wir uns auf dem Hochsitz von Patricks Opa geküsst haben. In dem Moment haben wir alles um uns herum vergessen.

Aber dann: Eine Party, und er bandelt mit dieser dunkelhaarigen Schnitte Selina an, als hätte es uns nie gegeben. Das Schlimmste ist, dass er mitten auf dem Schulhof mit mir Schluss gemacht hat. Kurz und knapp, in der kleinen Pause. Wenn ich nur daran denke, bekomme ich einen dicken Kloß im Hals.

Jetzt streichelt er Selina übers Gesicht und geht ganz nah an sie heran, wahrscheinlich um ihr zu sagen, wie wundervoll er sie findet. Oh nein, jetzt küssen sie sich auch noch!

Wenn er wenigstens nicht so gut aussehen würde. Im Gegensatz zu den meisten anderen Jungs hat er nicht nur dünne Ärmchen, sondern richtige Arme. Unter seinem weißen T-Shirt zeichnen sich seine Muskeln ab, und seine sommerlich gebräunte Haut kommt in diesem Look besonders gut zur Geltung. Seufz! Ja, ich weiß, gutes Aussehen ist nicht alles. Schön ist es aber trotzdem.

»Nur noch vier Tage, dann haben wir sechs Wochen frei!«, versucht Mia mich aufzuheitern.

»Na klasse. Dann sehe ich Patrick zwar kaum noch, muss aber trotzdem ständig an ihn denken.«

»Okay, es ist wieder Zeit für ein Ablenkungsmanöver. Mmmmmhhhh, mmmmhhhooo, mhhhhh.«

Mia fängt an zu summen, und ich soll raten, um welches Lied es sich handelt. Bisher hatte ich noch nie einen Treffer, da alles gleich und leider auch gleich fürchterlich klingt. Egal, trotzdem ist es süß von ihr, dass sie mich auf andere Gedanken bringen will. Patrick und seine neue Schnalle schlendern unterdessen Hand in Hand ins Schulgebäude. Endlich. Mein Kiefer schmerzt schon, weil ich die ganze Zeit die Zähne zusammengebissen habe.

»Tamara? Hallo, jemand zu Hause? Hast du das Lied erkannt?«

»Äh, war das vielleicht *Just give me a reason* von *Pink*?«

»Nö, wie kommst du denn darauf? Ich hab *Fingerprints* von *Katy Perry* gesummt! Das hab ich seit Tagen unter der Dusche geübt.«

»Ja, wie komme ich darauf? Vielleicht, weil es so gut passt. Ich weiß immer noch nicht, warum Patrick mich einfach so hat fallen lassen.«

Meine beste Freundin streicht mir über die Wange. »Wer dir so etwas antut, kann nur eine schleimige Monsterbacke sein.«

Mia ist mein Fels in der Brandung, und ich freue mich schon darauf, in den Ferien ganz viel mit ihr zu unternehmen. Der Gedanke, mit ihr im Freibad zu liegen und Eis zu essen, stimmt mich schon etwas fröhlicher.

Der Rest des Schultages rauscht nur so an mir vorbei. Obwohl ich krampfhaft versuche, mich auf Physik und Mathe zu konzentrieren, sind meine Gedanken wieder die ganze Zeit bei Patrick, ein Klassenzimmer weiter. Eigentlich hat er es gar nicht verdient, mein erster richtiger Freund gewesen zu sein.

Nach der Schule gehe ich direkt zu Oma Alma. Sie wohnt bei uns im Erdgeschoss, und ich liebe ihre kleine Wohnung. Sie hat so viele Souvenirs von ihren Reisen mitgebracht, dass man meint, ein anderes Land zu betreten, wenn man sie besucht.

Alma schaut mich besorgt an. »Meine Süße, was machst du denn für ein Gesicht? Freust du dich gar nicht auf die Ferien?« Sie schenkt mir eine Tasse Tee ein. Bei Oma Alma gibt es immer Tee und Kekse.

»Ach, Omi. Doch, ich freue mich, aber …« Seufzend greife ich nach meiner Teetasse und trinke einen Schluck *Sommerliche Brise.*

»Ist es wegen Patrick?«, fragt Alma und drückt sanft meine Hand.

»Er will nichts mehr von mir wissen!«, platze ich heraus. »Aber ich muss trotzdem die ganze Zeit an ihn denken. Das ist so gemein! Eigentlich will ich ihn gar nicht mehr sehen, aber wenn er mal einen Tag nicht in der Schule ist, vermisse ich ihn sofort. Das ist doch verrückt, oder? In den Ferien ist er sicher nur noch mit seiner Neuen unterwegs. Was, wenn ich ihm und Selina in der Stadt begegne?« Ups, leider habe ich die Teetasse etwas zu heftig auf dem Unterteller abgestellt, und nun zeigt das feine blauweiße Porzellan einen Riss. »Entschuldige, Omi.«

»Taminchen. Dein Temperament in allen Ehren.«

Das sagt sie immer, wenn ich mich über etwas aufrege, und meistens schafft sie es, mich zu trösten. Oft muss ich schon lächeln, wenn sie mich nur Taminchen nennt. Immerhin ist sie die Einzige, die das darf. Aber heute bringt mich nichts zum Lachen.

»Du könntest doch einfach wegfahren, dir mal etwas anderes ansehen. Ich meine, nicht immer nur diesen Patrick, der …« Ihre Stirn wirft noch tiefere Falten als ohnehin schon. Sie seufzt. »Der sich für ein anderes Mädchen entschieden hat. Ich weiß, du willst das nicht hören, aber alles ist zu etwas gut.«

Jetzt seufze *ich*. Wozu soll es denn gut sein, verletzt zu werden?

Omi lehnt sich in ihrem Rollstuhl zurück und schaut nachdenklich aus dem Fenster. Die Sonne scheint ihr ins Gesicht. Niemand hat so schöne grüne Augen wie sie. Plötzlich lächelt sie zufrieden. »Ich hab eine Idee, Taminchen! Die wird dir gefallen, da bin ich sicher.«

Ich habe da zwar meine Zweifel, aber als ich in Omis strahlende Augen blicke, muss ich zum ersten Mal heute lächeln.

02

DRIIIIIIIING. Ich zucke zusammen. Wer hat denn den Klingelton so laut gestellt?

»Taminchen, komm doch bitte mal schnell zu mir!« Ich kann hören, dass Omi lächelt, während sie spricht. Schnell sprinte ich die Treppe runter.

»Du magst doch Überraschungen, nicht wahr?«

»Ja, eigentlich schon«, antworte ich zögerlich.

»Dann wird dir meine Idee bestimmt gefallen. Denn ich hab eine gute Nachricht für dich: Du musst in den Ferien nicht zu Hause bleiben und leiden!«

Ich ziehe eine Augenbraue hoch. »Wie meinst du das? Die Jugendreise, die ich mit Mama ausgesucht hatte, ist doch komplett ausgebucht.«

»Ja, aber ich hab etwas anderes für dich gefunden. Eine Sprachreise. Die wolltest du doch immer schon mal machen.«

Wie cool! Ich darf endlich nach London. Meine Oma ist echt ’ne Wucht.

»Und deshalb habe ich zwei Sprachkurse für dich

gebucht. Einen Anfänger- und einen Fortgeschrittenenkurs. Dann bist du die ganzen Schulferien über verreist.«

»Oh.« Mehr kann ich gerade nicht sagen, denn sechs Wochen sind ganz schön lang, außerdem kann ich dann gar nichts mit Mia machen. Und wieso Anfängerkurs? Ich lerne doch schon seit der fünften Klasse Englisch.

»Und jetzt halt dich fest: Du wirst sogar Mittsommer in Stockholm feiern! Taminchen? Hallo?«

Omi beugt sich zu mir vor, aber ich bekomme kein Wort raus. Sie strahlt, ich bin schockiert. Wieso Stockholm? Ich wollte nie nach Stockholm! Dort gibt's doch nichts außer Knäckebrot, Elchen und Mücken. Und ist es im Norden nicht schrecklich kalt? Das Spannendste, was mir noch einfällt, ist IKEA. Aber den haben wir auch im Industriegebiet, dafür muss ich nicht nach Stockholm fliegen. Und Schwedisch? Wer braucht denn Schwedisch?

»Taminchen, freust du dich gar nicht?« Mit ihren roten Wangen sieht Omi aus wie ein junges Mädchen, das einen Streich ausgeheckt hat.

Ich weiß nicht, was ich sagen soll, denn ich will Omi nicht kränken. »Doch, sogar sehr, hmmm, ich … Ist das schon fest gebucht?«, stammele ich.

»Ja! Ich habe den letzten Platz für dich ergattert. Es ist jemand abgesprungen, und du konntest nachrücken, ganz spontan. Das hat mich so gefreut!«

Ich atme tief ein und aus, um nicht in Tränen auszubrechen. »Wo soll ich denn auf die Schnelle etwas zum Wohnen finden? Erlauben Mama und Papa das überhaupt?«

»Ja, mit deinen Eltern habe ich natürlich schon gesprochen. Dein Vater ist sowieso noch mit seinem Projekt in Frankfurt beschäftigt, und Mama passt es auch gut, weil sie dann viel früher in die Sinai-Wüste aufbrechen kann, um ihre Reportage zu schreiben. Wegen der Unterkunft musst du dir gar keine Sorgen machen. Das ist eine ganz tolle Geschichte! Du erinnerst dich sicher, dass ich eine liebe Freundin in Stockholm habe. Sie heißt Marie, und wir kennen uns seit der Grundschule. Marie hat getan, was ich immer tun wollte: Sie ist nach Schweden ausgewandert und hat einen Schweden geheiratet. Nun wohnt sie mitten in Stockholm und kann sich nichts Schöneres vorstellen, als dich in den Ferien bei sich aufzunehmen.«

»Wirklich?« Ich bemühe mich, begeistert zu klingen, aber es gelingt mir nicht. Sechs Wochen in einer langweiligen Stadt eine Sprache lernen, die ich nicht brauche, und dann auch noch bei einer schrulligen alten Frau wohnen? Das darf doch alles nicht wahr sein!

Entweder merkt Omi nichts, oder sie will es nicht merken. Geradezu euphorisch redet sie weiter: »Ich habe mir gedacht, dass wir Marie noch mal zusammen anrufen. Oder, wie heißt das noch mal, skippen. Ich soll dir ausrichten, dass sie einen Skipp-Anschluss hat.«

»Skipp? Meinst du Skype?«

»Ach so, ja, kann auch sein. So etwas im Computer jedenfalls.«

»Die hat einen Computer mit Skype darauf installiert?«

»Ja, mit allem Drum und Dran. Hol doch mal dein Gerät, und dann rufen wir sie gleich an.«

03

OMI UND ICH sitzen vor meinem Laptop, und ich gebe »Wow_Marie_underbart« in die Suchmaske ein. Das steht jedenfalls bei Omi Alma auf dem Notizzettel. Und tatsächlich: Skype findet jemanden mit diesem Namen in Stockholm. Unsere Kontaktanfrage wird sofort bestätigt.

»Dann mal los!« Ich klicke auf Videoanruf. Mal schauen, wie *underbart* die wirklich ist. Laut Omi bedeutet das Wort wunderbar. Wahrscheinlich ist sie aber eher wunderlich. Die Verbindung baut sich auf, und eine schrille Stimme dröhnt ein *Hej* ins Mikrofon. Ich traue meinen Augen nicht. Die Frau dort auf dem Bildschirm kann doch unmöglich Marie sein! Wie eine Oma sieht sie jedenfalls nicht aus.

»Marie, meine Liebe, herrlich, dass wir uns nicht nur hören, sondern auch sehen können! Vielleicht sollte ich mir auch einen Computer mit Skipp anschaffen.« Omi spricht so laut, als müsse man sie ganz ohne Internet bis nach Schweden hören.

»Ja, nicht wahr, Alma?! Geniale Sache, diese Technik. Aber brüll nicht so, sonst fallen uns noch die Ohren ab!« Daraufhin lacht Marie derart durchdringend, dass ich wünschte, meine Ohren wären bereits abgefallen. »Und das ist also Tamara mit dem Liebeskummer. Hej!« Marie winkt uns bestimmt eine Minute lang scheibenwischerartig zu. Wenn mir das Videobild keinen Streich spielt, hat sie eine grüne Strähne in ihrem kurzen weißen Haar. »Lass dir sagen, wenn es dir mies geht, ist er es nicht wert. Aber unser schönes Stockholm wird dich ganz sicher auf andere Gedanken bringen! Ich verspreche dir: Wer einmal unsere Zimtschnecken probiert hat, will nie mehr zurück.« Ihr Gesicht ist ganz groß auf dem Bildschirm zu sehen. Sie zwinkert mir zu. »Und hier gibt's auch schöne Burschen.«

Geschieht das hier gerade wirklich? Schöne Burschen? Ich kneife mich fest in den Unterarm, muss aber leider feststellen, dass ich den Schmerz spüren kann.

Die nächsten Minuten komme ich nicht zu Wort. Das passiert mir sehr selten. Alma und Marie unterhalten sich eine gefühlte Ewigkeit. Meine Gedanken schweifen zu Patrick. Wir hätten einen super Sommer haben können, wenn er nicht Schluss gemacht hätte. Wir hätten zum Badesee fahren und abends zusammen am Lagerfeuer sitzen können. Verdammt, Patrick ist schuld. An allem!

»Also, bis Donnerstag, Tamara. Ich freue mich auf dich. Adjö, ihr beiden.« Wieder winkt sie wie verrückt.

Ich lächle tapfer und winke zurück.

»Du warst ja so schüchtern, Taminchen. Ist Marie nicht klasse? Du hättest uns früher erleben sollen. Wir haben unseren Lehrern immer Streiche gespielt. Und auch nach der Schule waren wir ein fesches Gespann.« Alma wird ein bisschen rot. »Hach, du wirst deinen Spaß haben!«

Wortlos klappe ich meinen Laptop zu.

»Weißt du, Taminchen, manchmal muss man weit weggehen, um wieder bei sich selbst anzukommen.« Omi strahlt bis über beide Ohren. »Ich freue mich wirklich sehr für dich.«

»Das ist lieb«, bringe ich gequält hervor.

Unter dem Vorwand, mit Mia verabredet zu sein, gehe ich schnell wieder nach oben. Oma Almas fröhliche Laune ist schwer zu ertragen. Ich will da nicht hin. Und nun ist alles schon gebucht und organisiert. Dummerweise denkt Omi auch noch, dass sie mir eine Riesenfreude macht. Mist, warum hat sie mich nicht einmal gefragt? Okay, sie hat es nur gut gemeint, aber trotzdem. Das ist nicht fair. Was, wenn ich mich dort gar nicht wohlfühle und schon nach ein paar Tagen wieder zurückwill? Dann wäre Omi sicher total enttäuscht. Und bestimmt hat der Kurs wahnsinnig viel Geld gekostet. Vor lauter Verzweiflung könnte ich schon wieder heulen. Was soll ich nur machen?

Am besten erst mal Mia anrufen.

Meine beste Freundin ist gleich nach dem ersten Klingeln dran – als wüsste sie bereits, dass es Neuigkeiten gibt.

»Du wirst nicht glauben, was Omi sich für mich ausgedacht hat!«, platze ich heraus.

»Lass mich raten. Zum nächsten Kaffeekränzchen sollst du dich endlich an die Sachertorte wagen, für die sie dir vor Wochen das Rezept gegeben hat?«

Ich seufze laut. »Schön wär's! Nix Sachertorte. Stockholm!«

»Stockholm? Was soll das denn bedeuten?«

»Na, ich soll nach Stockholm. Für sechs Wochen! Um Schwedisch zu lernen und auf andere Gedanken zu kommen.«

Einen Augenblick lang höre ich nur Mias Atem.

»Hallo? Bist du noch dran?«

»Ja, ich musste nur kurz den Schock verarbeiten, dass ich die Sommerferien ohne dich verbringen soll. Für dich ist das doch aber genial! Auf so etwas würde meine Familie nie kommen. Die würden mich höchstens in den Harz schicken, zum Luchse-Beobachten. Dagegen finde ich Stockholm sehr spannend. Außerdem ist Sprachen lernen doch genau dein Ding!«

»Ja, schon, aber eigentlich wollte ich immer nach London. Und wie soll ich sechs Wochen ohne dich überstehen? Was, wenn es mir da nicht gefällt und ich niemanden finde, mit dem ich durch die Stadt ziehen kann? Dann muss ich immer mit dieser Marie abhängen. Außerdem wird Patrick mich nach der langen Zeit sicher voll und ganz vergessen haben.«

»Sieh's mal positiv. So bist du wenigstens weit weg von diesem Vollhirni! Und im Sprachkurs wirst du bestimmt Freunde finden.«

»Ja, du hast ja recht. Trotzdem finde ich es blöd, dass Omi mich nicht mal fragt, bevor sie eine sechswöchige Reise bucht.«

Mia seufzt. »Hör zu, ich bin mir sicher, dass du einen klasse Urlaub haben wirst.«

»Magst du vielleicht am Donnerstag vorbeikommen und mir beim Packen helfen? Mein Flug geht schon am Freitag, gleich am ersten Ferientag. Irgendwie hab ich das Gefühl, dieses Jahr gar keinen Urlaub zu haben.«

»Ach, Tamy. Na klar helfe ich dir. Übrigens war meine Cousine letztes Jahr in Stockholm. Die Zimtschnecken sollen der Knaller sein.«

»Das habe ich heute schon mal irgendwo gehört. Ich hoffe, das ist nicht alles, was dort der Knaller ist.«

04

EINERSEITS kann ich es gar nicht erwarten, dass endlich Ferien sind, andererseits bekomme ich Herzrasen, wenn ich nur an Stockholm denke. Das einzig Gute an der Sprachreise ist, dass ich Patrick dann nicht mehr sehen muss. Die letzten Tage hat er in jeder Pause mit Selina auf dem Schulhof rumgeknutscht. Wenn Mia nicht an meiner Seite gewesen wäre, hätte ich das nicht durchgestanden.

Am Donnerstag drückt mir Mia als Erstes einen Zettel in die Hand, auf den sie in Großbuchstaben NICHT VERGESSEN geschrieben hat.

»Warum soll ich denn meinen dicken Pullover mitnehmen? Es ist doch Sommer!«, protestiere ich mit Blick auf ihre Liste.

Mia zückt ihr Handy und hält mir eine Klima-Tabelle unter die Nase. »Weil es auch im Sommer noch ganz schön kühl sein kann, jedenfalls abends. Und bestimmt wirst du mal tanzen gehen wollen, oder?«

Sie zwinkert mir zu. »Du hast Glück, dass die Sommerferien so früh beginnen. Da wirst du sogar das Mittsommerfest erleben. Das soll echt toll sein.«

Es ist also wirklich kalt in Schweden. Ich hab's ja geahnt. Missmutig lasse ich mich auf mein Bett plumpsen. »Leider bin ich mir nicht sicher, ob ich mich auf diesen Urlaub freuen kann.«

Mia grinst breit. »Das hab ich mir gedacht. Und da kommt meine Freude-Liste ins Spiel.« Sie überreicht mir feierlich ein weiteres Blatt Papier.

WORAUF ICH MICH FREUEN KANN, lautet die Überschrift. Verziert ist das Ganze mit tausend kleinen Sonnen und Blumen. Ich überfliege die verschiedenen Punkte. »Auf große, gut aussehende blonde Jungs?«

Mia guckt verträumt und lächelt in sich hinein.

»Das wäre wohl eher ein Punkt für dich! Du weißt doch, dass ich auf dunkelhaarige Typen stehe. Und so groß müssen die von mir aus auch nicht sein.«

Es klopft an der Tür. »Darf ich reinkommen?«

»Klar, Mama.«

Meine Mutter tritt ins Zimmer und betrachtet nachdenklich meinen aufgeklappten Koffer. Dann setzt sie sich zu uns aufs Bett. »Na, packst du schon?«

»*Schon* ist gut. Ich fliege morgen!«

Mama wirft mir einen prüfenden Blick von der Seite zu. »Oma Alma hat uns ganz schön überrascht, nicht wahr?« Sie lacht leise, doch ich kann kein bisschen mitlachen. »Hör zu, Tamy, ich weiß, dass wir dich überrumpelt haben. Aber wir wollten dir eine Freude machen, nachdem es mit der Jugendreise nicht geklappt hat. Alma war so glücklich, als sie mit der Idee kam. Ich glaube, sie wäre am liebsten selbst nach Stockholm geflogen. Und Papa und ich dachten, dass dir ein bisschen Ablenkung ganz guttun könnte. Deshalb haben wir zugestimmt.«

»Euch passt es ja auch gut, wie ich hörte.« Meine Stimme klingt vorwurfsvoller als beabsichtigt.

»Wenn ich diesen Sommer meine Reportage über die Sinai-Wüste fertig bekomme, dann fahren wir in den Herbstferien an einen Ort deiner Wahl.«

Da ich nicht antworte, springt Mia schnell für mich ein. »Wie wäre es mit einem Urlaub in der Südsee?«

Sie knufft mich in die Seite, und nun muss auch ich lachen. »Ja, zwei Wochen Südsee wäre super. Da ist es auf jeden Fall warm.«

Als es dunkel wird, muss Mia nach Hause. Nachdem wir uns lange umarmt haben, kramt sie noch ein Blatt Papier aus ihrer Tasche.

Erstaunt sehe ich sie an. »Du hast noch eine Liste für mich?«

»Das ist mein Wunschzettel. Was du aus Stockholm mitbringen sollst.«

»Zimtschnecken?«, frage ich lächelnd.

»Ja, aber noch etwas anderes. Du darfst jetzt nicht lachen, okay?«

»Okay.«

»Zu Beginn des Schuljahres schmeißt Maja doch immer diese Verkleidungsparty. Und da wollte ich dich fragen, ob du mir einen Wikingerhelm mitbringen könntest …«

Ich pruste los.

»Hey, du hast versprochen, nicht zu lachen!« Mia spielt die beleidigte Leberwurst. »Außerdem steht hier noch etwas. Und das ist eigentlich das Wichtigste. Du sollst dich selbst mitbringen, und zwar in glücklicher Ausgabe.«

Plötzlich habe ich einen fetten Kloß im Hals.

Sechs Wochen ohne Mia. Wie soll ich das nur überleben?

05

WÄHREND ich mein pappiges Sandwich esse, geht mir noch mal mein Abschied am Flughafen durch den Kopf. Alma, die immerzu lächelt, Mama, die aussieht, als hätte sie ein schlechtes Gewissen, und Papa, der keine Miene verzieht. Er hasst Abschiede, und wenn es nur für einen Tag ist, aber sein Gesicht bleibt meistens starr.

So ähnlich war es zum Schluss auch bei Patrick. Eigentlich war er schon seit Wochen komisch, ganz anders als am Anfang. Doch wenn ich versucht habe, ihn darauf anzusprechen, hat er einfach das Thema gewechselt. Überhaupt hat er immer öfter geschwiegen, und da ich die Stille nicht aushalten konnte, hab ich in einer Tour gequatscht. Trotzdem bin ich traurig, dass es vorbei ist.

Mein Sitznachbar reißt sich schwungvoll seine Ohrstöpsel heraus und lächelt mich freundlich an. Dabei schiebt sich sein Sherlock-Holmes-Schnauzbart ein Stückchen nach oben. »Vill du åka hem?«

»Wie bitte?«

»Ah, ni inte svenska, ursägta mig.«

Ich glaube, mir steht das Fragezeichen ins Gesicht geschrieben. Die Sprache hört sich, na ja, witzig an. Blödes Gefühl, nichts zu verstehen und nicht antworten zu können.

»Ich bin deutsch«, entgegne ich auf Englisch mit einem gequälten Lächeln.

»Oh, du siehst aber aus wie eine Schwedin! Ich bin Kjell«, erklärt er, und sein Englisch klingt so viel besser als meins.

Das ist wieder einer der Momente, in denen ich wünschte, Alma hätte mich nach London und nicht nach Stockholm geschickt.

Obwohl mir immer mal Vokabeln fehlen, unterhalten Kjell und ich uns angeregt, bis mir während der Landung meine Ohren knacken und ich wie wild Kaugummi kauen muss. Anscheinend sind die Schweden sehr offen und schnell per Du. Kjell schwärmt von Stockholm, als wäre es die tollste Stadt der Welt. Ich kann nicht leugnen, dass seine Begeisterung ansteckend ist und ich langsam anfange, mich ein bisschen zu freuen. Als ich aus dem kleinen Flugzeugfenster blicke, sehe ich tausend kleine Inseln. Das soll Stockholm sein?

Nach der Landung verabschiedet sich Kjell. Er wünscht mir viel Spaß im »Venedig des Nordens« und »Trevlig Midsommar!«. Als er außer Sichtweite ist, klopft mein Herz auf einmal spürbar heftig. Gleich werde ich Marie treffen. Hoffentlich! Was, wenn sie nicht da ist?

Ich schnappe mir meinen Riesenkoffer vom Band und gehe durch den grünen Zollbereich. Die Automatiktür öffnet sich, und mein Blick fällt sofort auf eine Frau mit grüner Haarsträhne. In der Hand hält sie ein überdimensional großes Pappschild, auf dem in Neonschrift steht: *Välkommen till Stockholm, kära Tamara!* Sie hält es hoch wie eine Trophäe.

Plötzlich habe ich das Gefühl, dass alle Augen auf mich gerichtet sind. Ich atme einmal tief durch, ziehe meinen schweren Koffer hinter mir her und gehe vorsichtig auf Marie zu. Die wirft das Schild mit Schwung zur Seite und umarmt mich so innig, als würden wir uns schon ewig kennen. Ich kann kaum mehr atmen.

»Tamara, herrlich, dass du da bist!«

Ich würde antworten, wenn ich mehr Luft bekäme. Endlich lässt sie mich los. Für ihr Alter sieht Marie wirklich jung aus. Sie hat zwar Falten, vor allem um die Augen, aber trotzdem hat ihr Gesicht etwas Mädchenhaftes. Sie trägt ein violett-grün gestreiftes Kleid, dazu schwarze Stiefel mit niedrigen Absätzen. Sie ist mindestens einen Kopf größer als ich.

»Wie war der Flug?« Ihre dunkelgrünen Augen strahlen mich an.

»Gut! Neben mir saß ein ganz netter Mann, Kjell, der mir von Stockholm vorgeschwärmt hat.«

»Super, ich werde dir gleich zeigen, warum alle so begeistert von dieser Stadt sind!«

Sie klemmt sich ihr Schild unter den Arm, greift sich meinen Koffer und gibt mir ein Zeichen, ihr zu folgen. Will sie etwa gleich mit dem Sightseeing loslegen? Eigentlich würde ich lieber erst mal zu ihr nach Hause fahren, um zu sehen, was mich erwartet.

»Marie, ähm, wo gehen wir denn jetzt hin?«

Doch sie antwortet nicht. Mit der freien Hand hat sie ihr Handy gezückt und telefoniert. Also bleibt mir nichts anderes übrig, als ihr hinterherzulaufen und abzuwarten.

Als wir im Parkhaus angekommen sind, beendet sie endlich ihr Gespräch. »So, Entschuldigung, ich hab gerade noch mit meinem Enkel Jesper telefoniert. Den lernst du auch bald kennen. Aber nun erst mal zu Karl.« Sie deutet auf ein altes rotbraunes Auto. »Tamara, das ist meine geliebte Kutsche, ein Saab 900!« Marie scheint ganz stolz auf Karl zu sein, während ich mich frage, ob solch ein Schrotthaufen in Deutschland überhaupt noch zugelassen wäre. Aber das behalte ich natürlich für mich.

Im Auto riecht es nach Mottenkugeln und Zitrus-Deo. Mit quietschenden Reifen setzt Marie zurück. Mir ist jetzt schon schlecht. Während der Fahrt gestikuliert sie so viel, dass ich mir wünsche, sie hätte vier Hände, um auch noch steuern zu können.

»Erzähl doch mal, wo wohnst du, wer sind deine Freunde, was machst du in deiner Freizeit? Und was genau hat es mit diesem jungen Mann auf sich, der dir das Herz gebrochen hat?«

Marie hat viele Fragen. Nicht alle möchte ich beantworten. Schon gar nicht jetzt – wir kennen uns doch erst seit einer Viertelstunde! Eine Redepause tritt trotzdem erst ein, als vor uns das Schild *Stockholm Gamla Stan – 2 km* auftaucht. Das ist die Altstadt, von der ich schon in meinem Reiseführer gelesen habe. Wir starten also direkt mit dem Sightseeing-Programm.

06

Viel zu schnell braust Marie in eine schmale Gasse und findet überraschenderweise nach kürzester Zeit einen Parkplatz. Sie parkt schwungvoll rückwärts ein und zieht mit einem lauten Ratsch den Zündschlüssel aus dem Schloss.

»So, dann wollen wir mal!«

Vorsichtig steige ich aus dem Auto und schließe die Beifahrertür, doch die ist nicht richtig zugegangen.

»Ach, nicht so zaghaft, Tamara, mein Saab braucht es etwas heftiger.« Marie öffnet die Tür noch mal und knallt sie derart laut zu, dass ich befürchte, sie könnte im nächsten Moment ganz abfallen. Eigentlich dachte ich, ich sei temperamentvoll, aber diese Marie hat wirklich Power. Ob ich in dem Alter auch noch so sein werde?

»Als Erstes zeige ich dir einen meiner Lieblingsorte in der Altstadt. Ist nur zwei Minuten entfernt von hier.«

Ich hatte mich auf schlechtes Wetter eingestellt, aber der Himmel ist blau, und es weht eine leichte, warme Brise. Die kleinen Gassen mit den bunten alten Häusern sehen so malerisch aus, dass ich plötzlich richtig gute Laune bekomme. Vielleicht liegt es auch an all den fröhlichen Leuten hier, die sich lautstark unterhalten und draußen vor den kleinen Cafés ihren Milchkaffee schlürfen.

Ich kann kaum mit Marie Schritt halten. In rasantem Tempo biegt sie in immer schmalere Gassen ab, bis sie abrupt stehen bleibt.

»So, liebe Tamara, das ist *Mårten Trotzigs Gränd*. Diese kleine Gasse ist nur neunzig Zentimeter breit! Hier fühlt man sich direkt ins Mittelalter zurückversetzt, nicht wahr?« Marie blickt verträumt die extrem steilen Stufen der Gasse hinauf, die von rau verputzten Häusern mit hölzernen Fensterläden gesäumt wird. »Und man kann hier wunderbar Sport treiben. Ab morgen werden wir jeden Tag herkommen, am besten gegen fünf Uhr früh.«

Ich spüre, wie mir meine Gesichtszüge entgleisen.

Marie geht einen Schritt auf mich zu und klopft mir lachend auf die Schulter. »Ha, das war natürlich nur ein Scherz, meine Liebe! Auf den Schreck lade ich dich erst mal auf eine Tasse heiße Schokolade ein. Am *Stortorget*, dem einstigen Marktplatz Stockholms, befindet sich mein Lieblingscafé. Komm!«

Marie hat nicht zu viel versprochen. Die heiße Schokolade schmeckt einfach köstlich. Von meinem Platz aus schaue ich direkt auf einen dreistöckigen Brunnen.

»Auf diesem Platz wurden früher Adlige geköpft. Da geht's uns heute besser.« Marie lacht durchdringend. »Ich freue mich, dass du nach Stockholm gekommen bist. Das war eine großartige Idee von Alma! Und die Kurse hier haben einen sehr guten Ruf. Bestimmt können wir uns schon nach ein paar Wochen auf Schwedisch unterhalten. Du könntest natürlich auch mit Jesper üben. Er ist wirklich ein netter Bursche.«

Ach, du Schreck. Nicht, dass der immer bei Marie abhängt und ich gezwungen bin, mit ihm meine Freizeit zu verbringen. Mein Bedarf an »Burschen« ist gedeckt.

»Es ist wunderbar, Jesper und seine Freundin Emma zusammen zu erleben. Die beiden sind wirklich süß. Ich kann gut verstehen, dass er sich in sie verguckt hat. So ein hübsches Mädchen, und nett dazu.«

Über Patrick und mich hat man auch mal gesagt,

dass wir ein süßes Paar wären. Ach, das ist so gemein. Bestimmt knutscht er gerade mit Selina und verschwendet keinen Gedanken mehr an mich.

Marie zieht eine Augenbraue hoch. »Noch mal zurück zu diesem Patrick. Denkst du wirklich noch an ihn, obwohl er so ein Mistkerl ist?«

»Ja, das kann ich nicht so einfach abstellen. Am Anfang schien es ja auch so, als würde alles passen.«

»Wie lange wart ihr denn zusammen?«

»Fast vier Monate. So lange war ich noch nie mit einem Jungen zusammen. Eigentlich war ich davor noch mit keinem richtig zusammen.«

»Oh ja. Die erste Liebe. Da schmerzt es besonders, wenn plötzlich Schluss ist.«

»Vor allem, wenn es *so* endet. Er hat mich einfach abserviert, mitten auf dem Schulhof, von jetzt auf gleich.«

»Das ist ja wirklich sehr gefühllos – und außerdem völlig unverständlich.« Marie streichelt über meine Hand. »Morgen ist das große Mittsommerfest. Das wird dich sicher prima ablenken. Am besten fahren wir jetzt nach Hause und bereiten uns vor.«

»Bereiten uns vor?«

»Na klar! Es gibt viel zu tun. Das erzähle ich dir

gleich alles in Ruhe. Und bei mir können wir auch ungestört den *Små Grodorna* üben.«

Was bitte ist das denn nun schon wieder?

»Das ist ein schwedisches Tanzlied. Übersetzt heißt es *Die kleinen Frösche*«, erklärt Marie.

In einen ebensolchen würde ich mich jetzt gerne verwandeln und davonhüpfen, ganz unbemerkt.

07

NEE, ECHT, DAS GIBT ES NICHT.

Wenn ich es nicht mit eigenen Augen sehen würde … Marie hüpft durch den Raum und singt dazu »Quu-ack, Quu-ack, Quu-ack«.

»Komm schon, Tamara, mach mit! Spring wie ein kleiner Frosch! An Mittsommer sind wir Schweden verrückt!«

Wie festgefroren stehe ich mitten in Maries farbenfrohem Wohnzimmer. Ihre Wohnung ist, ähnlich wie bei Alma, mit allem möglichen Kram vollgestellt. Afrikanische Holzgiraffen in verschiedenen Größen, asiatische Vasen, Masken mit wilden Fratzen. Nur die Essecke, die sieht typisch Schwedisch aus: weißes Holz, eine hellrot karierte Tischdecke, dazu dunkelrote Tischsets mit Pferden drauf.

»Und zu deiner Frage – nein, das ist nicht nur ein Tanz für Kinder. Da machen alle mit.«

Ich atme mehrmals tief durch. Was soll's. Mich kennt hier ja sowieso niemand, und besser, ich probiere das Ganze jetzt schon mal aus, als mich nachher in aller Öffentlichkeit zu blamieren. Ich gehe in die Hocke, setze die Hände vor mir auf und drücke mich vom Boden ab. »Quu-ack«, sage ich halblaut. Ein Glück nur, dass mich niemand sieht.

Je länger ich herumhüpfe, umso mehr Spaß macht es. Marie singt immer lauter. Gerade als ich mit einem besonders lauten »Quu-ack« über den knallorangen Flickenteppich hopse, öffnet sich die Tür, und ein großer blonder Junge tritt ins Wohnzimmer. Irgendwie erinnert er mich an Michel aus Lönneberga.

»Hej!«, begrüßt er uns mit einem Grinsen.

Ich wünschte, Bewohner einer fernen Galaxie würden mich genau in diesem Moment in ihr Raumschiff beamen.

Marie springt auf und klopft dem Jungen auf den Rücken. »Hallo, Jesper! Dieser entzückende kleine Frosch da auf dem Boden, das ist Tamara. Ich hab dir ja von ihr erzählt.«

Es ist wirklich möglich, die Peinlichkeit noch zu steigern. Ich stehe so lässig wie möglich auf. Jesper ist schlaksig und ein ganzes Stück größer als ich. Seine Augen sind so blau, dass es fast schon unnatürlich aussieht. Ich kannte mal einen Husky, der eine ähnliche Augenfarbe hatte.

»Hallo, Tamara!«

»Hallo«, entgegne ich kühl. Eigentlich hat er mir nichts getan. Er ist nur einfach im völlig falschen Moment hier hereingeschneit.

Nachdem er mich ein paar Sekunden lang schmunzelnd betrachtet hat, wendet er sich Marie zu und stellt seine Tasche ab. »Wann wollen wir morgen los?«

»So früh wie möglich! Tamara, Jesper wird morgen mit uns kommen. Eigentlich wollte er mit seiner Clique in Stockholm bleiben, aber ich konnte ihn überreden, mal wieder zum Mittsommerfest aufs Land zu fahren. Außerdem wird Emma auch da sein, nicht wahr? Sie ist nämlich die Nichte meiner Freundin Freja, und die werden wir besuchen. Strängnäs ist ungefähr eine Stunde von hier entfernt.« Marie sieht mich erwartungsvoll an. Auch Jespers hellblaue Augen sind auf mich gerichtet.

»Ja, toll!« ist alles, was ich herausbringe.

»Ich lege jetzt noch mal die Salzheringe für morgen ein«, sagt Marie und geht in die Küche.

Jesper setzt sich auf die Couch und macht den Fernseher an.

Ich verbringe die Zeit bis zum Abendessen in Maries Gästezimmer. Dort gibt es kaum ein Stück Tapete, wo kein Bild hängt. Ich betrachte die Landschaftsbilder aus aller Welt und die Schwarz-Weiß-Porträts von Menschen, die ich nicht kenne. Seufzend lasse ich mich aufs Bett plumpsen, unsicher, ob ich nicht doch den nächsten Flug nach Hause nehmen sollte. Zum Glück kann ich mit Mia chatten. Ich maile ihr ein Bild von meinem neuen Zimmer.

Wow, echt speziell! Und? Hast du schon was von Stockholm gesehen?

Ich erzähle ihr von der schönen Altstadt, der schrägen Marie, unseren Plänen für morgen und von Jesper, der mich als Frosch kennengelernt hat.

Lol! Sieht der gut aus? Ist er nett?, fragt Mia.

Nett? Keine Ahnung. Ich hab kaum mit ihm gesprochen. Wie er aussieht? Groß und blond – also gar nicht mein Typ. Der wäre eher was für dich!

:'-(Ich wäre so gerne bei dir. Hier erschlägt mich die Langeweile, und dabei haben die Ferien gerade erst angefangen.

Ja, es wäre so toll, wenn du hier sein könntest! :'-(

Es klopft an der Tür. »Tamara, Abendessen!«, ruft Marie fröhlich.

Mia, sorry, ich muss jetzt mit Marie und diesem Jesper essen. Melde mich später wieder.

Okay. Freue mich schon. Und mach mal unauffällig ein Foto von ihm!

Nee, klar, kein Problem. Erst sieht er mich quer durchs Zimmer hüpfen, und dann halte ich ihm vielleicht auch noch die Kamera vor die Nase, mit den Worten: »Bitte lächeln, das ist für meine Freundin!« Ach, süße Mia.

Marie und Jesper sitzen schon am Tisch. Im Hintergrund läuft ABBA, und Marie singt lauthals *Dancing Queen*. Ich blicke zu Jesper, doch der zuckt nur lächelnd mit den Schultern. Augen zu und durch.

Wir essen frisches Weißbrot, Wurst und Käse, Marie trinkt Wein, Jesper und ich Preiselbeerschorle. Ich lerne, dass Preiselbeere auf Schwedisch *lingon* heißt. Die meiste Zeit redet Marie. Sie erzählt von alten Zeiten mit Alma in Deutschland, vom Leben in Stockholm, das einfach Spaß mache, und von Jesper, der zweisprachig aufgewachsen ist und früher immer *so süß* »Ingo« statt »*lingon*« gesagt hat.

Jesper wird dabei kein bisschen rot. Ihm scheint seine Oma überhaupt nicht peinlich zu sein. Ich kann nur sehr schwer ahnen, was er gerade denkt. Wenn er lächelt, sieht er ganz süß aus. Ich glaube, Mia würde durchdrehen.

»Jesper, wollen wir nicht mal zu viert etwas in

Stockholm unternehmen? Emma hat immer so gute Ideen. Oder was hältst du davon, wenn du Tamara mal die Stadt zeigst?« Bevor Jesper antworten kann, sprudelt Marie schon munter weiter:

»Hach, mein Junge, du wirst dich doch mal für einen Abend von Emma trennen können, oder?«

Oh Mann, muss Liebe schön sein.

Jesper lacht fröhlich. »Klar, kann ich machen.«

Marie knufft ihrem Neffen zwinkernd in die Schulter und dreht die Musik lauter. »*People need love.* Ein wunderbarer Song!« Maries Augen strahlen. Mama ist auch ein ABBA-Fan, schrecklich. *People need love.* Dass ich nicht lache.

Gegen zehn gehen wir schlafen. Jesper auf dem Sofa im Wohnzimmer, Marie in ihrer klitzekleinen Schlafkammer und ich bei den schwarz-weißen Unbekannten an der Wand. Ich schlafe unruhig, träume von Riesenfröschen, einer zu *Dancing Queen* tanzenden Marie und von Patrick, der mir aus der Ferne zuwinkt.

08

MITTEN IN DER NACHT werde ich von lauter Musik geweckt. *Guten Morgen, guten Morgen, guten Morgen, Sonnenschein*, dröhnt es durch den Flur. Ich schrecke hoch und stoße mir dabei heftig den Kopf an der Schräge über meinem Bett. *Diese Nacht blieb dir verborgen, doch du darfst nicht traurig sein.* Es dauert eine Weile, bis ich begreife, wo ich bin. Es ist bereits hell, na ja, eigentlich war es die ganze Nacht hell. Taghell. Als das Lied verklungen ist, klopft es wie wild.

»Tamara, Mittsommer! Zeit zum Aufstehen!«

Ich taste nach meinem Handy unter dem Kopfkissen. Es ist tatsächlich schon sieben Uhr. Ich höre, wie Marie sich wieder entfernt, und öffne vorsichtig meine Tür. Grinsend schleicht Jesper in seinen Schlafshorts an mir vorbei zum Badezimmer. Schnell ziehe ich den Kopf zurück und schmeiße mich auf mein Bett, auf das die Sonne durch die Lamellen der Jalousie in Streifen fällt.

Marie war bereits beim Bäcker und hat für alle *Kanelbullar*, also Zimtschnecken, besorgt. Mia hat nicht zu viel versprochen: Diese schwedische Spezialität ist wirklich lecker. Genussvoll lehne ich mich zurück, während Marie ununterbrochen redet. Sie ist voller Vorfreude, und obwohl es noch immer früh ist, treibt sie uns an. »Wir wollen keine Zeit verlieren.«

Jesper lässt sich nicht aus der Ruhe bringen. Er sieht durch und durch entspannt aus.

»In fünf Minuten ist Abfahrt, meine Lieben!« Marie verschwindet in ihr Schlafzimmer.

Zum ersten Mal sind Jesper und ich allein. Wir kauen wortlos, aber ich bemerke, wie er mich von der Seite beobachtet. Er trägt ein blaues T-Shirt und Shorts; ich habe mich für mein neues dunkelgrünes Sommerkleid entschieden. Leider hat es einen ganz schön weiten Ausschnitt, was ich allerdings erst bemerke, als ich mich vorbeuge, um von meiner Zimtschnecke abzubeißen. Gut, dass ich noch andere Sachen eingepackt habe. Doch leider komme ich nicht mehr dazu, mich umzuziehen.

Freudestrahlend stürmt Marie ins Wohnzimmer und ruft: »Bereit zur Abfahrt!«

Es haut mich um, was ich sehe, und sogar in Jespers Gesicht bemerke ich leichte Zuckungen. Marie trägt ein gepunktetes, für ihr Alter ziemlich kurzes Kleid in Altrosa, dazu eine rot gestreifte Strickjacke und grasgrüne Pumps. Als Kind dachte ich immer, dass Pippi Langstrumpf so verrückt angezogen ist, weil sie keine Eltern hat, die ihr sagen, was sie tragen soll. Aber vielleicht ist das ja auch der Schweden-Style?

»Was starrt ihr mich denn so an? Können wir los? Wir wollen doch auch ein paar Fotostopps einlegen.« Marie reißt die Haustür auf und lässt Jesper und mich verdattert im Wohnzimmer stehen.

Die holprige Fahrt in Maries Uralt-Saab führt uns an Wäldern, Feldern, Inseln und Seen vorbei. Immer wieder bremst sie scharf und springt aus dem Auto. »Ist das nicht traumhaft? Und die Luft, wie die riecht, herrlich!« Jesper pflichtet Marie bei, und auch ich muss zugeben, dass es hier schön ist. In *Strängnäs* angekommen, rast Marie zielstrebig durch die engen Gassen, um sich vor einem typischen roten Schweden-Holzhaus in einen winzig kleinen Parkplatz zu zwängen.

Maries Freundin Freja begrüßt uns überschwänglich und lotst uns durch ihr gemütliches Haus direkt zur Holzveranda, wo sich schon das halbe Dorf versammelt hat. Jesper geht gleich auf ein Mädchen mit langen blonden Zöpfen zu, küsst sie und unterhält sich mit ihr auf Schwedisch.

Das muss Emma sein. Marie hat nicht übertrieben, mit ihren langen blonden Haaren und den großen blauen Augen sieht sie wirklich toll aus. Ich stehe irgendwie im Abseits, was mich aber gar nicht stört, denn so kann ich alles erst mal in Ruhe auf mich wirken lassen.

Doch mit einem Schlag sind die Blicke auf mich gerichtet. Alle halten ihre Gläser in die Höhe, und Marie hält einen Trinkspruch. Natürlich verstehe ich nichts. Dem Ganzen folgt ein Lied, *Hej Langor*. Ein Schnapslied, wie Jesper mir erklärt, der plötzlich wieder neben mir steht. »Sie stoßen auf dich an, weil es dein erstes Mittsommerfest ist.«

Emma wirft mir einen wütenden Blick zu. Sie kann nicht verbergen, dass sie ihn lieber ganz für sich allein hätte. Dabei muss sie überhaupt nicht eifersüchtig sein, denn Jesper ist sowieso nicht mein Fall. In dem Moment setzt sich die ganze Meute in Bewegung und drängt sich durch Frejas Gartentor. Jesper bleibt an meiner Seite und meint offenbar, mir alles erklären zu müssen. Wenn Patrick mit mir unterwegs war, hat er auch gerne den Allwissenden gespielt. So was mag ich gar nicht.

»Wir gehen jetzt zum Dorfplatz. Dort wird zur Feier des Tages eine Stange mit Blumen geschmückt, um die dann später getanzt wird.«

»Bist du hier der Tourguide, oder was?« Ups, das kam viel zu laut und pampig heraus, noch dazu habe ich Jesper am Arm getroffen. Manchmal hab ich meinen Mund einfach nicht unter Kontrolle. Alma scherzt manchmal, dass ich schon als Kind gerne Türen geknallt und »meine Stimmgrenzen ausgetestet habe«. Doch Jesper grinst nur und schließt zu Emma auf, die mit einer Gruppe anderer Mädchen vor uns herläuft.

Auf dem kleinen Dorfplatz drängeln sich Hunderte von Menschen. Marie ist dank ihres auffälligen Outfits dennoch gut zu erkennen. Auf dem Boden stapeln sich Blumen und Zweige, einige der Frauen haben begonnen, die Stange, die mitten auf dem Platz liegt, zu umwickeln. Marie kommt mit Freja und zwei anderen Frauen auf uns zu. Sie haben Knäckebrot, Butter und Käse dabei. Decken werden ausgebreitet, und alle beginnen zu essen. Die Sonne auf der Haut und die gute Stimmung rundherum helfen mir, mich ein bisschen zu entspannen.

Ich glaube, Marie hat schon mehr als einen Schnaps getrunken. Sie spricht noch lauter und durchdringender als sonst. Jesper, der sich wieder zu uns gesellt, lehnt sich zurück und schließt seine Augen. Ein guter Moment, um ein Foto zu machen. Ich zücke unauffällig mein Handy, platziere es dicht vor mir und drücke ab. Leider habe ich vergessen, den Ton auszuschalten. Jesper öffnet die Augen, und mir fällt vor Schreck fast das Handy aus der Hand. Hektisch verstaue ich es in meiner Tasche. Wieder grinst er. Na toll. Der soll sich bloß nichts einbilden.

Marie lehnt sich lächelnd zu mir herüber. »Dir wird eine besondere Aufgabe zuteil! Nach altem Brauch müssen die unverheirateten Frauen Blumen von sieben verschiedenen Wiesen sammeln und dann den Strauß in der Mittsommernacht unter ihr Kopfkissen legen.«

»Aha.«

»In der Nacht wirst du dann von deinem Zukünftigen träumen! Ich meine, von dem, den du mal heiraten wirst. Ist das nicht toll? Bei mir hat es auch geklappt.«

Nun ja, soweit ich weiß, ist sie jetzt aber geschieden.

Hat Marie erwartet, dass ich gleich aufspringe

und sieben Wiesen abrenne? Auf jeden Fall guckt sie etwas enttäuscht, als ich einfach sitzen bleibe.

»Die hier tun es aber auch.« Sie schnappt sich ein paar Blumen, die neben unserer Decke liegen, und bindet einen kleinen Strauß und einen Kranz, den sie mir behutsam auf den Kopf setzt. »Wenn ich es nicht besser wüsste, würde ich denken, du bist von hier.«

Ich lasse meinen Blick zu Jesper und Emma schweifen, die mit einigen Freunden fröhlich auf Schwedisch plaudern. Leider bin ich alles andere als von hier und verstehe kein Wort von dem, was sie sagen. Emma trägt auch einen kleinen Blumenstrauß bei sich. Bestimmt wird sie heute Nacht von Jesper träumen. Er wirft ihr ganz verliebte Blicke zu, während Emma irgendeine Geschichte zum Besten gibt.

Am frühen Abend wird der Maibaum aufgestellt, und jetzt geht das Fest erst richtig los. Ich war noch nie bei einem so großen Open-Air-Event. Da es nicht dunkel wird, habe ich auch keine Ahnung, wie spät es eigentlich ist.

Das Lied der kleinen Frösche wird angestimmt. Plötzlich bin ich Marie sehr dankbar, dass wir es zu Hause schon mal geprobt haben. Ich muss lachen, als Hunderte von Leuten wie die Frösche um den

Maibaum hüpfen. Da ich nicht als Einzige am Rand stehen will, mache ich auch mit. Jesper kann ich in dem Tumult nicht entdecken. Beim anschließenden Kreistanz reiche ich vielen fremden Menschen die Hand, bis ich irgendwann auch bei Jesper lande. Ich bin überrascht, wie ausgelassen er tanzt. Das hätte ich ihm gar nicht zugetraut. Mir kommt wieder Maries Satz »Zum Mittsommer sind wir Schweden verrückt« in den Sinn. Das stimmt wirklich. Jesper schwingt mich im Kreis herum und strahlt so sehr, dass ich nicht anders kann, als mich auch ein bisschen zu freuen.

Seine Hand ist weich und warm. Patricks Hände waren eher ein bisschen rau, obwohl er mich zärtlich berührt hat, jedenfalls am Anfang. Doch nach zwei Monaten hat er mich kaum noch geküsst und wollte wieder mehr mit seinen Freunden machen. Vielleicht hätte ich da schon wissen müssen, dass es bald vorbei ist. Auf einmal habe ich keine Lust mehr zu tanzen. Ich setze mich an den Rand und sehe der fröhlichen Meute zu.

Was Patrick wohl gerade macht? Als wir uns auf einer Schulparty zum ersten Mal unterhalten haben, war ich so glücklich wie noch nie zuvor in meinem Leben. Ich hatte Patrick schon wochenlang im

Auge, wer nicht – und dann war er auch noch auf mich zugegangen an dem Abend. Verdammt, ich will einfach nicht mehr daran denken. Ich mische mich wieder unter die Feiernden und lasse mich einfach mitreißen.

09

ICH BIN HUNDEMÜDE, als Marie und ich uns gegen Morgen mit Freja, Jesper und einer leicht torkelnden Emma auf den Heimweg machen. Überall auf den Straßen wird noch immer ausgelassen gefeiert.

Frejas Wohnzimmer ist voller Gäste. Einige feiern, andere liegen auf dem Sofa, und auf dem Boden schlafen ein paar Kinder auf Luftmatratzen. Die Veranda ist mit singenden Menschen bevölkert.

Marie klopft mir auf die Schulter. »Hör zu, ich lege mich noch ein bisschen aufs Ohr, damit ich zum Frühstück wieder fit bin.« Sie überreicht mir den Blumenstrauß, den sie für mich gebunden hat. Gähnend geht sie die Treppe hinauf.

Freja kommt zu Jesper, Emma und mir herüber. »Wollt ihr euch nicht auch noch ein bisschen ausruhen?«

»Gerne«, murmeln wir wie aus einem Mund.

Auch oben platzen die Zimmer aus allen Nähten.

Unglaublich, wie viele Gäste in so ein kleines Haus passen. Freja führt uns in ein Zimmer, auf dem in der hintersten Ecke unter einer Dachschräge Matratzen liegen. Nebeneinander. Die Holzwände sind in roter und grüner Lackfarbe mit Herzen und Blumen bemalt. Freja deutet auf die bereitgelegten Schlafsäcke. »Und vergesst nicht, den Strauß unter euer Kissen zu legen!« Sie deutet auf das verwelkte Grün in meiner Hand und zwinkert uns zu.

Ich soll mit den beiden in einem Zimmer schlafen?

Emma lässt sich kichernd auf eine Matratze an der Wand sinken. Jesper grinst nur, und ich hoffe, dass ich auch eines Tages über all das hier lachen kann.

Ich schnappe mir meinen Rucksack und husche schnell ins Bad. Als ich in meinem geblümten Pyjama zurück ins Zimmer komme, grinst Jesper blöd. Emma schlägt auch noch mal die Augen auf und beginnt wieder zu kichern. Hoffentlich spuckt die hier heute Nacht nicht noch alles voll oder knutscht direkt neben mir mit Jesper rum.

Obwohl ich wahnsinnig müde bin, kann ich nicht einschlafen. Ich höre, wie Emma sich wie ein Elefant beim Schlammbaden hin und her wälzt, während Jesper laut und unregelmäßig atmet. Er scheint immer mal wieder kleine Atemaussetzer zu haben. Wenigstens berühren sich unsere Matratzen nicht. Mann, was hat Alma mir da nur eingebrockt mit dieser Reise!

Wie ich es geschafft habe, doch noch einzuschlafen, weiß ich nicht. Am nächsten Morgen wachen Jesper und ich gleichzeitig auf und gucken uns direkt in die Augen. Oberpeinlich! Jesper grinst schon wieder. Ich atme tief durch. Wenn der Typ nicht bald damit aufhört, wird er mich kennenlernen.

»Und? Hast du was Schönes geträumt?«, fragt er und deutet mit dem Kopf auf den Blumenstrauß, der unter meinem Kopfkissen hervorschaut.

»Ich kann mich leider nicht erinnern«, entgegne ich kühl. Um nichts in der Welt werde ich verraten, was ich geträumt habe. Dass Patrick sich an mich geschmiegt hat und dann Jesper durchs Fenster geschaut hat, um uns zuzuwinken. So ein Quatsch, diese Sache mit den Blumen unter dem Kopfkissen und dem Traum vom Zukünftigen!

Ich blicke zu Emma. Doch die liegt schnarchend in ihrem Schlafsack und kriegt nichts mit. Kein Wunder, so betrunken, wie die gestern war.

Mein Handy verrät mir, dass es bereits nach zwölf

ist. Ich springe von meiner Matratze auf und flitze mit all meinen Sachen ins Bad.

Als ich frisch geduscht die Treppe hinuntergehe, kommt Marie schon auf mich zugestürmt. »Guten Morgen, Tamara!« Sie wirkt erholt und ausgeschlafen. Vielleicht ist sie einfach nie müde. Geheimnisvoll nimmt sie mich zur Seite und dämpft ihre Stimme. »Na, wie hast du geschlafen? Hast du vielleicht was Schönes geträumt?« Sie zwinkert mir zu.

»Keine Ahnung, ich kann mich nicht erinnern«, wiederhole ich meinen einstudierten Satz.

Marie zieht enttäuscht die Stirn kraus. »Schade! Na ja, vielleicht fällt es dir später wieder ein. Auf in den Tag!«

Unten herrscht reges Treiben. Einige sitzen auf der Terrasse und trinken Kaffee, andere haben es sich im Garten auf Liegestühlen bequem gemacht.

Nach dem Frühstück brechen Marie, Jesper und ich auf. Emma schläft noch immer und wird den Tag bei ihrer Tante bleiben. Ein Glück, so muss ich nicht neben ihr auf der Rückbank sitzen.

Den Weg nach Stockholm verbringe ich schlafend. Als ich die Augen wieder aufmache, sehe ich Maries Gesicht dicht vor mir. »Tamara, wir sind da! Mann, du hast aber fest geschlafen.«

Ich blicke mich um. »Wo ist denn Jesper?«

»Keine Angst, meine Liebe, du wirst ihn wiedersehen.«

Ach, du meine Güte. Nun glaubt Marie, ich wäre an ihrem Enkel interessiert. Dabei will ich ihm und seinem Grinsen gar nicht noch mal begegnen.

»Ich habe Jesper zu Hause abgesetzt, aber er lässt dich grüßen.«

Zurück in meinem Zimmer, schreibe ich gleich an Mia und schicke ihr das Bild von Jesper, damit die Foto-Aktion wenigstens nicht umsonst war. Sie antwortet sofort.

Wow, wie süß ist der denn? Echter Mist, dass er schon vergeben ist. ☹ Dein Mittsommerfest klingt jedenfalls total toll. Und Zimtschnecken konntest du auch schon kosten … Du bist ein Glückspilz! Ich fahre morgen zu meiner Tante nach Hannover, meine Cousine wird auch da sein. Ich melde mich! Bussi, Mia

Hab ich mir doch gedacht, dass Mia auf Jesper abfahren wird.

10

DAS HERZ klopft mir bis zum Hals. Der Weg zur Sprachschule war gut zu finden, genau wie Marie ihn mir beschrieben hat. Nun stehe ich vor dem cremefarbenen Backsteingebäude, um mitten in den Ferien meinen ersten Unterrichtstag anzutreten. Was, wenn ich hier keine Freunde finde? Wenn ich die ganzen sechs Wochen mit Marie, Jesper und Emma verbringen muss?

Seufzend fahre ich mit dem Fahrstuhl in den vierten Stock.

Oben angekommen, laufe ich durch einen menschenleeren Gang, der mit Postern der Sprachschule plakatiert ist. In dem Moment öffnet sich mit einem *Pling* erneut die Fahrstuhltür. Noch ein Schüler? Neugierig drehe ich mich um.

Ein Junge, gut gebaut, gebräunte Haut, dunkle kurze Haare, dunkelbraune Augen und einen halben Kopf größer als ich, steigt aus.

Mein Herz macht einen Bungeesprung.

Patrick?

Hat er sich reumütig auf die Suche nach mir gemacht? Hat er Mia so lange ausgequetscht, bis sie ihm verraten hat, dass ich in Stockholm bin? Vielleicht wird er gleich einen Kniefall machen und mich um Verzeihung bitten für den größten Fehler seines Lebens.

»Ciao«, ruft der Junge und kommt auf mich zu. »Bist du auch hier, um Schwedisch zu lernen?«

Es ist nicht Patrick. Natürlich nicht.

»Ja«, murmele ich irritiert und kann den Blick gar nicht von ihm wenden.

»Ich bin Marco«, sagt er mit einem unwiderstehlichen Augenaufschlag. Sein Englisch klingt wundervoll italienisch. Er reicht mir die Hand.

Ich brabble irgendeinen Quatsch, den ich selbst nicht richtig verstehe. Diese Sahneschnitte ist in meinem Kurs? Ich kann mein Glück kaum fassen!

Gemeinsam betreten wir das Klassenzimmer, das sich am Ende des Gangs befindet. Eine Frau im Hosenanzug springt von ihrem Schreibtischstuhl auf. Sie ist klein, blond und ungefähr in Mamas Alter.

»Välkommen! Ich bin Tilda Lundgren und werde euch in den nächsten Wochen hier unterrichten. Bitte nennt mich Tilda.«

Der Junge geht sofort auf sie zu. »Ciao«, begrüßt er sie genauso charmant wie mich. »Ich bin Marco.«

Drei Mädchen und zwei Jungen sehen uns erwartungsvoll an. Marco und ich setzen uns nebeneinander zu ihnen in den Stuhlkreis. Nach und nach trudeln noch fünf Mädchen und sechs Jungen unterschiedlichster Nationalitäten ein.

Tilda ist klasse. Ohne lange Vorreden bringt sie uns sofort einige Vokabeln bei. In der Vorstellungsrunde können wir unseren ersten schwedischen Satz anwenden. Es dauert lange, bis sich alle 18 Teilnehmer vorgestellt haben, aber es ist keine Sekunde langweilig. Ava aus England ist auch erst fünfzehn und scheint sehr nett zu sein. Irgendwie erinnert sie mich an Mia. Alle anderen sind älter, das stört mich aber komischerweise kein bisschen. Vielleicht, weil alle hier so offen und freundlich sind. Die Stimmung ist ganz anders als bei uns in der Schule.

Für die erste richtige Übung sollen wir uns in Zweiergruppen zusammenfinden.

Marco blickt mich mit seinen schönen dunklen Augen an. »Wie wäre es mit uns?«, fragt er mich auf Englisch.

»Ja, gerne!«, rufe ich ein bisschen zu laut.

Marco strahlt mich an, und mir wird ganz heiß.

»Also, ich heiße Marco, bin siebzehn, wohne in Padua, und es geht mir gut.« Wie süß sein Schwedisch klingt! So nordisch-italienisch. Ich muss lächeln. Auf Englisch fügt er noch hinzu: »Es geht mir sogar sehr gut.« Er zwinkert und legt den Kopf ein bisschen zur Seite.

Das gibt es doch nicht! Das hat Patrick auch manchmal getan, wenn er mir ein Kompliment gemacht hat. Das könnte doch noch ein richtig genialer Urlaub werden. Ich sehe Marco und mich schon durch die schmalen Gassen der Altstadt schlendern.

»Tamara?«

Oh nein, ich ertappe mich selbst dabei, wie ich verträumt vor mich hin lächele.

»Jetzt du«, fordert er mich sanft auf.

Gut, dass ich nur ein paar Worte Schwedisch kann, sonst hätte ich sicher wieder totalen Quatsch erzählt.

Viel zu schnell geht der Vormittag mit lustigen Sprachspielen vorüber, denen ich vor Aufregung kaum folgen kann. Ich hätte noch ewig hier neben Marco sitzen können.

Nach dem Unterricht komme ich mit Ava und ihrer Freundin Holly ins Gespräch, die ihre Jacken an der Garderobe über meine gehängt haben. Wir beschließen, gemeinsam mit Marco noch ein Café aufzusuchen.

Holly schlägt vor, dass wir mit der U-Bahn nach Södermalm, dem Trendviertel, fahren, weil es dort die besten Läden und gemütlichsten Cafés gibt. Da sich sonst keiner von uns wirklich auskennt, sind wir dankbar für den Tipp und machen uns auf den Weg.

Mit unseren Kameras in der Hand bummeln wir an Secondhandläden und kleinen Ateliers vorbei zum Café Vurma, wo wir eine ganze Sofaecke belegen. Marco sitzt mir gegenüber. Lässig lehnt er sich in den bunten Kissen zurück und beobachtet mich. Seine kakaofarbenen Augen machen mich ganz verrückt, ich kann einfach nicht wegsehen. Zum Glück erzählen Ava und Holly eine lustige Geschichte nach der anderen, sodass ich nichts sagen muss. Nebenbei schreibe ich Mia, die mittlerweile bei ihrer Cousine angekommen ist.

Du wirst es nicht glauben. In der Schule ist ein Typ, der genau wie Patrick aussieht.

Wie, der sieht aus wie Patrick? Natürlich war der eine Schnitte, aber ich dachte, mit dem hast du abgeschlossen?

Hab ich doch auch … mehr oder weniger. Und

nur weil er Patrick ähnlich sieht, heißt das ja nicht, dass er sich auch so verhält.

Ich hab da so ein Gefühl, dass es doch noch ein supertoller Urlaub werden könnte … Melde mich später wieder für ein Update.

Als wir uns auf den Weg nach Hause machen, bin ich froh, dass ich alle morgen wiedersehen werde, besonders natürlich Marco.

Wenn ich nur an seine Augen denke, muss ich schon lächeln.

Alma hatte recht. Manchmal muss man weit weggehen, um wieder bei sich selbst anzukommen.

11

IM UNTERRICHT trainieren wir heute die Lautsprache und tun so, als würden wir einkaufen gehen. Wieder üben wir in Zweierteams. Marco spielt als Erstes den Verkäufer. Während er vorgibt, mir ein Eis zu überreichen, streift er unauffällig meine Hand. Ich gucke unsicher zur Seite, und als ich dran bin, Eis zu verkaufen, hab ich plötzlich den schwedischen Satz vergessen. Hat Marco mich nur zufällig berührt? Wie es wohl wäre, Marco als Freund zu haben? Bestimmt wären die anderen Mädchen ganz schön neidisch auf mich. Und Patrick würde erst Augen machen!

Nach dem Unterricht fahre ich mit Ava, Holly und Marco wieder nach Södermalm. Tilda hat uns dort einen Eisladen empfohlen. »Wenn ihr euch traut, dann bestellt doch auf Schwedisch und übt das Gelernte. Das würde mich freuen.« Bei diesem Satz hat sie so gestrahlt, dass keiner von uns es unversucht lassen möchte. Schließlich können wir sogar schon ein bisschen Schwedisch lesen nach dem Lautsprachetraining heute.

Sieben U-Bahn-Haltestellen später mache ich den Anfang und marschiere direkt in das rosa Haus, auf dem *Stikki Nikki* steht. Ohne lange zu überlegen, lese ich das kleine Schild über meiner Lieblingssorte und bestelle laut und deutlich eine Kugel Erdbeer. Zur Sicherheit wiederhole ich noch mal meinen Satz. Die Frau am Verkaufstresen sieht mich schmunzelnd an, dann antwortet sie auf Englisch: »Das wird aber sehr teuer, wenn ich dir eine erdballgroße Kugel Erdbeereis verkaufen soll.«

Hä? Ich verstehe nur Bahnhof. Hilfe suchend drehe ich mich zu Holly und Ava um, die hinter mir in der Schlange stehen. Als auch sie ihr Eis bekommen und wir uns auf eine Bank vor dem Haus gesetzt haben, klärt Ava mich mit einem Wörterbuch in der Hand auf: »Hm, du hast wohl erst ›Erdball‹ und dann ›Erdbeer‹ gesagt. Die Worte klingen sehr ähnlich, *jordglob* und *jordgubb*. Und wenn ich mir die Kugelgröße so ansehe, trifft Erdball es eigentlich ganz gut.«

Marco strahlt Ava an, dann lächelt er mir zu. »Lecker«, sagt er und wirft mir einen tiefen Blick zu. Sein angenehmer Geruch und seine schönen Augen mit den dichten, langen Wimpern haben eine fast hypnotische Wirkung auf mich.

Wir schlendern noch eine Weile durch Södermalm. Marco läuft mit Holly ein paar Schritte vor Ava und mir. Sie unterhalten sich über Italien, wo Holly schon oft im Urlaub war. Dann wechseln sie sogar ein paar Worte auf Italienisch und tauschen ihre Handynummern aus.

So ein Mist! Mein Kopf beginnt zu schmerzen, weil ich krampfhaft überlege, wie ich unauffällig seine Nummer rausfinden könnte. Leider habe ich eben nicht alle Ziffern mitbekommen, außerdem hätte ich Zahlengenie mir eh nicht alles merken können. Als Holly und Ava vor einem Schaufenster stehen bleiben, nehme ich all meinen Mut zusammen und gehe auf Marco zu.

»Ähm … wollen wir vielleicht auch mal simsen heute Abend?«, frage ich und merke, wie ich rot werde.

»Warum nicht?«, entgegnet Marco ganz locker.

»Dann brauche ich aber noch deine Handynummer.«

»Gerne, dann fühle ich mich in meinem kahlen Zimmer nachher nicht so allein.«

Ich lächele ihn an, obwohl es mich immer noch

wurmt, dass er auch Hollys Nummer hat. Aber es hat ja nicht unbedingt etwas zu sagen, dass er sich auch mit den anderen gut versteht. Oder? Als ich allerdings sehe, dass Marco sich von den beiden Mädels genauso zauberhaft verabschiedet wie von mir, bin ich mir nicht mehr so sicher.

Im Hausflur fliegt mir ein köstlicher Geruch entgegen. Zu meiner großen Freude kann ich der Duftspur bis zu Maries Wohnung folgen. Erst jetzt merke ich, wie hungrig ich bin. Gerade als ich aufschließen will, wird die Tür von innen geöffnet. Jesper grinst mich an. Sofort kommt mir die Mittsommer-Übernachtungsaktion wieder in den Sinn. Die hatte ich bisher erfolgreich verdrängt.

»Hej«, begrüßt er mich, und Marie ruft: »Tamara, setz dich und erzähl uns von deinem Tag!«

In der Küche sieht es aus, als hätte es einen Überfall gegeben. Die Schubladen sind herausgezogen, auf dem Tresen und auf dem Tisch liegen Besteck, Kartoffelschalen, Deckel und Gewürztüten herum. Mitten in dem Chaos steht Marie und schwingt den Kochlöffel wie einen Dirigentenstab. »Also, meine Liebe! Was hast du heute gelernt? Was hast du von Stockholm gesehen?«

Ich erzähle von unserem Besuch bei *Stikki Nikki*, und Marie lacht. Jesper setzt sich zu mir an den Tisch, nachdem er die Kartoffelschalen entsorgt hat. Ich gucke ihn nicht an, doch ich spüre, dass er uns aufmerksam zuhört.

»Manchmal frage ich mich, warum nicht alle Menschen dieselbe Sprache sprechen. Das wäre doch viel einfacher.«

»Aber nicht im Geringsten so spannend, liebe Tamara!«

Mein Magen knurrt mindestens noch fünf Mal, bis wir uns endlich an den Tisch setzen. Wir essen im Wohnzimmer, direkt vor dem großen Fenster mit Blick auf den Park. Jesper sitzt mir gegenüber, Marie neben mir.

»Kocht ihr öfter mal was zusammen?«

Marie klopft Jesper auf den Rücken. »Ja, mindestens ein Mal im Monat. Mein geliebter Neffe ist sehr kreativ und inspiriert mich immer wieder zu neuen Rezepten. Doch seit er mit der hübschen Emma zusammen ist, sehen wir uns leider etwas seltener. Tja, so ist das mit dem jungen Glück.« Marie lacht laut, und Jesper lächelt gedankenverloren.

Der Lachs mit Zimt, Koriander, roten Linsen und Kartoffeln schmeckt köstlich. Jespers Huskyaugen wandern während des Essens ein paarmal zu mir, als würde er mich abchecken. Er spricht den ganzen Abend kaum ein Wort; Marie redet dafür umso mehr. Vielleicht bin ich für Jesper so etwas wie ein Eindringling.

Gleich nach dem Nachtisch steht er auf, nimmt Marie in die Arme, ruft mir auf dem Weg zum Flur noch kurz »*Hej*« zu und verschwindet.

»Schade, er hatte noch etwas zu erledigen. Immer in Action, die jungen Leute«, sagt Marie lachend.

Als ich im Bett über den Tag nachdenke, piept mein Handy.

Ciao. Hattest du noch einen schönen Abend? Hoffentlich essen wir bald wieder ein Eis zusammen. ;-) Schlaf schön, Marco.

Wie süß. Mann, bin ich froh, dass er noch eine SMS geschickt hat, ich hatte mich bisher noch nicht getraut.

Danke. Mein Abend war ganz nett. Gute Nacht und bis morgen!

Was er wohl Holly geschrieben hat?

Mit dem Handy in der Hand schlafe ich ein und träume süß – nicht von Marco, aber von Eiskugeln, so groß wie Erdbälle.

12

»WAS WOLLEN WIR heute Nachmittag machen?« Wie ein Flummi springt Holly in der Pause auf und ab. Hat sie deshalb so gute Laune, weil Marco ihr gestern Abend noch eine SMS geschrieben hat? Schnell verdränge ich den Gedanken wieder.

»Wie wär's, wenn wir mal mit dem Boot irgendwohin fahren?«, schlägt Ava vor.

Marco steht neben mir. »Djurgården soll sehr schön sein! Das ist eine Insel mit Wald und Parkanlagen. Wir könnten dort ein Picknick machen.«

»Super, gerne!« Ich kann das Unterrichtsende kaum abwarten. Konzentrieren kann ich mich sowieso nicht mehr. Ein Ausflug mit Picknick, wie romantisch. Holly und Ava sind zwar auch dabei, was einerseits schön ist, andererseits wäre ich aber auch gerne mit Marco allein. Obwohl … wer weiß, ob ich dann nicht wieder nur Quatsch von mir geben würde.

Nachdem wir noch Zimtschnecken und Holunderbrause vom Bäcker besorgt haben, schlendern wir zu einem großen Bus-Terminal. Dort befindet sich ein Anleger, an dem schon eine Menschentraube auf eine weiße Fähre wartet.

Obwohl es ein großes Gedränge gibt, bekommen wir an Deck noch einen Platz. Ich freue mich, dass Marco sich neben mich setzt. Der Ausblick auf die Stadt ist einfach phantastisch. Die großen, alten Häuser mit ihren bunten Dächern bilden einen wunderschönen Kontrast zum Dunkelblau des Wassers und dem Hellblau des Himmels. Eine warme Brise weht uns um die Nase, und über uns kreisen die Möwen. Ich atme tief durch und genieße die Fahrt. Endlich habe ich das Gefühl, wirklich im Urlaub zu sein. Nach ungefähr zehn Minuten fahren wir direkt auf eine Achterbahn mit großem Turm davor zu.

Ava deutet auf den Vergnügungspark. »Das ist Gröna Lund. Schrecklich. Achterbahnen kann ich nicht ausstehen, da wird mir immer speiübel.«

»Keine Sorge, unsere Fahrt geht noch weiter«, beruhigt Marco sie.

Erst an der Haltestelle *Djurgården* verlassen wir das Boot und laufen auf einem schmalen Pfad durch eine riesige Parkanlage. Der Weg führt an einem mit

Bäumen gesäumten Kanal entlang, die sich auf der Wasseroberfläche spiegeln. Schließlich erreichen wir eine Grünfläche voller rosa blühender Bäume. Überall haben es sich die Menschen auf ihren Decken bequem gemacht.

Marco steuert auf einen Baum zu. »Wollen wir uns hierhinsetzen?«

Holly ist direkt hinter ihm. »Na klar!«

Er breitet seine Jacke aus und gibt uns ein Zeichen, dass wir uns mit raufsetzen können. Ich reagiere am schnellsten, und da nun kein Platz mehr ist, legt Ava auch noch ihre Jacke auf den Boden. Holly wirkt leicht geknickt, aber Marco scheint sich zu freuen, dass ich neben ihm sitze. Jedenfalls lächelt er mich länger als sonst an. Ich spüre, dass Holly ein bisschen eifersüchtig ist. Wir unterhalten uns über das Leben in England, Deutschland und Italien und natürlich auch darüber, wie toll Stockholm ist. Anscheinend hatte nur ich es mir langweilig vorgestellt.

Als ich wieder auf die Uhr gucke, kann ich gar nicht glauben, dass wir schon über zwei Stunden auf der Wiese sitzen.

»Wollen wir weiter?«, fragt Ava. »Ich bin heute Abend noch verabredet.«

»Dann los!«, ruft Holly. Als sie aufstehen will, verzieht sich ihr Gesicht.

»Was ist passiert?«, fragt Ava besorgt.

»Mein Fuß ist eingeschlafen, hab wohl blöd gesessen.«

Mit nur einem Schritt ist Marco bei ihr und hilft ihr sanft hoch.

»Danke«, haucht sie.

Es wundert mich nicht, dass sie auch auf Marco steht. Und leider bin ich mir nicht sicher, ob Marco nicht auch ein Auge auf Holly geworfen hat. Wenn ich nur sicher wüsste, ob er an mir interessiert ist, ich meine, *nur* an mir. Dann würde ich auch mutiger sein. Vielleicht.

Marcos Unterkunft ist nicht weit von Maries Wohnung entfernt. Ava und Holly, die uns noch eine Weile nachgesehen haben, brechen in die entgegengesetzte Richtung auf. In der U-Bahn sitzen Marco und ich so dicht nebeneinander, dass sich unsere Beine berühren. Marco rückt kein Stückchen weg, was ich als gutes Zeichen deute.

Er muss eine Station vor mir aussteigen.

Als die Bahn hält und die Türen aufgehen, wage ich mich vor. »Marco?«

»Ja?«

»Wollen wir …« Weiter komme ich nicht, denn in dem Moment schließen sich die Türen mit einem Ruck. Ich sehe ihn noch kurz winken und das Handzeichen für »Wir telefonieren« machen.

Zurück in meinem Zimmer, lasse ich mich aufs Bett fallen, das mit einem leisen Quietschen antwortet. Marie ist leider nicht zu Hause, vielleicht ist sie bei ihrem Freund Gustav, von dem sie schon mächtig geschwärmt hat. Schade, ich hätte gerne mit ihr geplaudert, um ihr von meinem Tag zu berichten und mich ein wenig abzulenken. Mir kommt immer wieder das Bild von Marco und mir, na ja, und den anderen, unter dem blühenden Baum in den Sinn.

Ich zücke mein Handy. Hey, Mia, bin zurück von dem Ausflug. Bist du da?

Sie antwortet in Sekundenschnelle. **Und???**

Ich tippe sofort los und überhole mich fast selbst beim Schreiben. Es war richtig toll. Marco haut mich echt um. Ich will unbedingt mal etwas mit ihm allein unternehmen. Zu den anderen ist er auch süß, aber ich glaube, mich mag er ganz besonders. Ich bin mir aber nicht sicher.

Das Programm zeigt an, dass Mia schreibt. Ich kann mir ihren Gesichtsausdruck genau vorstellen.

Manchmal muss man eben mal ein Risiko eingehen. Frag ihn einfach ganz direkt, ob ihr beide etwas unternehmen wollt. Oder schick ihm eine SMS, wenn du dich sonst nicht traust!

Übrigens, jetzt, wo es dir da so gut geht, kann ich dir ja erzählen, dass ich heute Patrick in der Stadt getroffen habe. Allein. Eigentlich wollte ich nie wieder ein Wort mit ihm reden, aber die Neugier war stärker. Ich hab ihn gefragt, wo denn seine Schnitte ist.

Ich spüre einen Stich in meinem Bauch.

Stell dir vor, es ist schon wieder aus. Er sah sogar echt traurig aus. Hat es eben nicht anders verdient, der Idiot.

In meinem Kopf fahren die Bilder Achterbahn, wie die kreischenden Leute heute in Gröna Lund.

Patrick. Marco. Es klopft an der Tür, und Maries fröhliche Stimme durchbricht die Stille. »Tamara! Ich bin zurück!«

Mia, Marie ist gerade zurückgekommen. Ich melde mich später noch mal.

Selten war ich so dankbar für eine Ablenkung wie in diesem Moment.

13

DIE GANZE WOCHE lang überlege ich, wie ich Marco zu einem Date überreden könnte. Aber die meiste Zeit verbringen wir mit Ava und Holly, und wenn wir mal fünf Minuten allein sind, traue ich mich nicht, ihn zu fragen. Umso mehr freue ich mich, dass am Wochenende in der Sprachschule eine Party stattfinden soll. Die große Frage ist nur: Was soll ich anziehen? Es darf nicht zu langweilig, aber auch nicht zu sexy sein. Seit Tagen durchstöbere ich meinen Kleiderschrank, doch obwohl ich so viele Klamotten mitgenommen habe, kann ich mich einfach nicht entscheiden.

Bevor ich mich für die Party am Samstag fertig mache, wollen Marie und ich noch mit Oma Alma skypen. Marie hat ihren Laptop auf dem Küchentisch aufgebaut.

»Alma hat eben angerufen und gesagt, dass sie bei eurer Nachbarin vor dem Computer sitzt und jetzt anrufen könnte«, sagt Marie freudestrahlend.

Das Wiedersehen ist wunderschön. Bisher hatte ich nur zwei Mal kurz mit Oma Alma telefoniert und gemerkt, wie sehr ich sie vermisse. Mama ist leider so schwer zu erreichen, dass wir uns nur Textnachrichten hin- und herschicken.

Omi ist sehr aufgeregt. »Taminchen!«, schreit sie, dass es in Maries PC-Lautsprecher nur so scheppert. »Wie geht's dir, meine Kleine? Was machst du den ganzen Tag?«

»Mir geht's richtig gut, Alma. Marie ist ein Schatz.«

»Hab ich dir doch gesagt.«

Ich erzähle Alma von den Sprachkursen, von der bevorstehenden Party, von Ava und Holly, aber nichts von Marco.

»Nächste Woche werden wir im Unterricht Wegbeschreibungen und Wörter buchstabieren lernen.«

»Du klingst begeistert, das freut mich!«

Marie drängt sich dazwischen. »Apropos begeistert: Mein Enkel Jesper ist ganz angetan von Tamy.«

Ich vergesse kurz, dass wir gerade skypen. »Was … wieso? Was hat er denn gesagt?«, frage ich Marie.

»Na, dass du jemand bist, der einem gute Laune macht.«

»Dem kann ich nur zustimmen«, schaltet sich Alma wieder ein.

Wir sprechen noch einige Minuten, aber ich kann mich nicht mehr auf das Gespräch konzentrieren. Wann soll Jesper das denn gesagt haben?

Eine Stunde bevor ich losmuss, greife ich schließlich zu der grünblauen Tunika, die wirklich die gleiche Farbe wie meine Augen hat. Dazu ziehe ich meine engste Jeans an und zaubere auch noch meinen breiten blauen Lieblingsgürtel hervor.

Schnell sage ich Marie in der Küche noch Auf Wiedersehen.

»Tamara, dreh dich mal. Wow, du siehst sehr schön aus. Ich könnte dir noch eine Federboa anbieten, die farblich ganz wunderbar zu deinem Oberteil passen würde.«

Ich räuspere mich. »Danke, Marie, aber ich glaube, das wird zu warm. Wir sehen uns um zehn vor der Sprachschule. Echt lieb, dass du mich abholst.«

»Um zehn?«

»Ja, du hast doch gestern gesagt ›Ist es zehn, musst du gehn‹!«

Marie lacht schallend. »Nun ja, wenn du pünktlich unten am vereinbarten Treffpunkt stehst, kannst du von mir aus auch bis elf bleiben. Denn: Kannst du bis elf warten, hast du gute Karten.« Sie drückt mich an sich.

»Danke!«

»Viel, viel Spaß, meine Süße.«

Ich hechte die Treppen hinunter und renne zur U-Bahn. Ava, Holly und ich haben uns um sieben vor der Schule verabredet, auch Marco wollte dazustoßen.

Schon von Weitem erkenne ich die Silhouette von Holly, die in jedem Outfit eine gute Figur macht. Ihre langen rötlichen Haare beißen sich zwar ein wenig mit dem hellroten, figurbetonten Kleid, trotzdem sieht sie unglaublich gut aus. Auch Ava hat sich ganz schön aufgebrezelt, mit Glitzer überall, auch auf der Haut. Kurze Zeit später nähert sich Marco. Mein Herz beginnt zu rasen. Er trägt eine enge grüne Hose und dazu ein weißes Hemd, das er bis zu den Ellbogen hochgekrempelt hat. Er lässt seinen Blick von einer zur anderen schweifen. Ich bilde mir ein, dass er bei mir ein bisschen länger hängen bleibt.

»Ihr seht zauberhaft aus!« Sein Lächeln ist und bleibt unwiderstehlich.

Als wir aus dem Fahrstuhl treten, schallt uns Musik entgegen. Einige Mädchen und Jungen stehen mit Pappbechern und Tellern im Gang, andere tanzen wild im leer geräumten Klassenzimmer. Ein dunkler Vorhang schirmt das helle Sonnenlicht ab, oben an der Decke dreht sich eine Discokugel. Holly und Ava stürzen sich sofort auf die Tanzfläche. Ich folge Marcos Blick, der eine ganze Weile an einem blonden Mädchen in einem besonders kurzen Kleid klebt.

Er legt mir vorsichtig seinen Arm um die Schulter. »Darf ich dir etwas zu trinken besorgen?«

»Ja, ähm, klar, gerne«, stottere ich. Wie aufmerksam. So etwas wäre Patrick nie im Leben eingefallen. »Ich hätte gerne ein Glas Bowle.«

Marco nickt mir zu und geht zur improvisierten Bar rüber, hinter der einige junge Männer mit Säften hantieren.

Ich überlege, mich zu Ava und Holly zu gesellen. Als der Song *Happy* von Pharrell Williams aus den Boxen dröhnt, gehen die beiden richtig ab. Ich schmunzle, weil sie die Blicke einiger Mädels und vor allem Jungs auf sich ziehen. Als ich mich nach Marco umdrehe, sehe ich, wie er sich mit dem Mädchen in dem engen Kleid unterhält. Er strahlt sie unaufhörlich an und reicht ihr einen Drink. Hallo? Hat er schon vergessen, dass er eigentlich mir ein Getränk holen wollte?

In dem Moment nimmt er zwei weitere Gläser entgegen, tuschelt noch mal mit Barbie und kommt dann lässig zu mir zurückgeschlendert.

»Entschuldige bitte, aber das Mädchen dort wollte etwas über Padua wissen.« Er reicht mir mein Getränk und legt den Kopf zur Seite.

»Danke« ist alles, was ich sagen kann, denn seine schönen ultralangen Wimpern nehmen meine ganze Aufmerksamkeit in Anspruch.

Als ich mein Glas geleert habe, nimmt Marco es mir ab und stellt es auf den Tisch, der an der Wand neben uns steht.

»Du würdest mir eine Freude machen, wenn du mit mir tanzt!«

Wie höflich er sich ausdrückt! Und dann immer dieses gerollte *R*, echt Zucker. Ich nicke glücklich. Marco fasst mich an der Hand und zieht mich sanft hinter sich her. Holly tanzt gerade mit einem groß gebauten afrikanisch aussehenden Jungen, aber Ava winkt uns zu sich. Plötzlich stürmt auch Barbie mit ihren blonden Freundinnen auf die Tanzfläche und drängt sich an Marcos Seite. Wie tussig die tanzen, unglaublich. Zum Glück spielt der DJ richtig gute Musik. Marco wird immer mal wieder von den drei Blondinen abgelenkt, doch die meiste Zeit fühlt es sich so an, als würden nur wir tanzen, denn er lässt mich nie wirklich aus den Augen.

Um fünf vor elf verabschiede ich mich von den

anderen. Toll, ich als Jüngste muss natürlich als Erste aufbrechen. Ich bin die Einzige, die hier eine Ersatz-Mama oder besser Ersatz-Oma hat. Aber ich will es mir mit Marie auch nicht verscherzen. Vielleicht kann ich bei der nächsten Party, falls es noch eine geben wird, ein bisschen mehr Zeit rausholen.

Als ich gehe, unterhält sich Holly gerade angeregt mit dem afrikanischen Jungen. Als ich ihr Tschüs sage, stellt sie ihn mir kurz vor. Er heißt Neo. So, wie sie ihn anblickt, habe ich fast den Eindruck, dass sie sich in ihn verliebt hat. Das lässt mich innerlich jubeln, denn es bedeutet, dass Marco keine Chance mehr bei ihr hat. Ava hat sich schon wieder ein Glas Bowle geholt und wirkt langsam ein bisschen betrunken. Marco kommt noch bis zur Garderobe mit und haucht mir ein Miniküsschen auf die Wange. Mein Gesicht wird schlagartig heiß.

»Tamara, das war so ein schöner Abend. Hättest du vielleicht Lust, mal mit mir essen zu gehen?«

Juhu! Mia hatte mich immer wieder ermuntert, ihn endlich anzusprechen, und nun ist er mir zuvorgekommen. Plötzlich ist meine ganze Schüchternheit verflogen.

»Gerne, wie wäre es morgen Abend um sieben?«

»Fantastico! Ich freue mich. Bis morgen!« Seine

Wangen sind jetzt auch gerötet. Er winkt mir noch nach.

Eine Minute nach elf klettere ich zu Marie ins Auto.

»Hallo, meine liebe Partygängerin! Ich weiß es sehr zu schätzen, dass du pünktlich bist. Wenn nicht, hätte ich es auch verstanden, ich war ja auch mal jung, aber ich hab hier nun mal die Verantwortung, das verstehst du doch, oder? Wie war es denn?«

Ich lehne mich zurück und genieße in diesem Moment sogar den Mottenkugelduft. »Es war traumhaft. Und das war erst der Anfang!« Ich seufze zufrieden.

»Das ist schön zu hören!«, flötet Marie. Sie braust los wie eine Rennfahrerin.

14

MONTAG in der Pause gibt es bei uns nur ein Gesprächsthema: die Party letzten Samstag. Ava zwinkert mir zu. »Mann, Marco ist aber auch echt ein Frauenheld.«

Ich lege die Stirn in Falten. »Wieso? Ist noch was passiert, nachdem ich weg war?«

»Wir haben noch weitergetanzt. Marco hat noch mit einigen Mädchen geplaudert, die ihm sofort verfallen sind, und ihnen Getränke besorgt. Irgendwann nach Mitternacht hat Tilda die Party dann beendet.«

Was soll's. Selbst wenn noch andere Mädels Marco toll finden und er zu denen auch nett ist – mich hat er nach einem Date gefragt. Beim Gedanken daran beginnt mein Herz schon wieder zu rasen.

Tilda trainiert mit uns Sätze, die wir im Alltag anwenden können. »Versucht möglichst viel mit den Einheimischen zu sprechen. Das ist die beste Übung!« Während der Sprachspiele geht sie herum und lauscht, hilft mit Vokabeln aus, korrigiert feinfühlig und macht uns Mut, weiter dranzubleiben.

Marco sitzt heute ganz dicht neben mir an unserem Tisch. Mitten in unserer Partnerübung lässt er das Schwedisch Schwedisch sein und streicht mir, ganz kurz nur, über das Haar. »Schade, dass du früher gehen musstest am Samstag. Umso mehr freue ich mich auf heute Abend! Ich habe einen besonders guten Italiener für uns ausgesucht. Lass uns doch um 19 Uhr vor der Schule treffen. Das Restaurant ist gleich hier in der Nähe.«

Ich bekomme kein Wort heraus, deshalb lächle ich einfach nur.

Während die anderen nach der Schule noch ein Eis essen gehen, fahre ich so schnell wie möglich heim zu Marie. Ich weiß nämlich schon wieder nicht, was ich anziehen soll.

Es ist genau wie am Samstag – irgendwann drängt die Zeit, und ich muss mich entscheiden. Meine enge, ausgewaschene Jeans sitzt nach den vielen Zimtschnecken hier noch ein bisschen enger als sonst. Ich streife mein langes himbeerfarbenes Shirt über, schnalle meinen schwarzen Glitzergürtel um und schlüpfe in meine kurze schwarze Jacke. Mama hat mir zum letzten Geburtstag Glitzerohrringe geschenkt, die prima zum Gürtel passen. Mann, bin ich erleichtert, als ich endlich loskann.

Ich warte fünf Minuten, zehn Minuten, doch Marco ist nirgends zu sehen. Ich muss an Patrick denken, der mich auch gerne mal hat warten lassen. Sogar an dem Tag, als er mit mir Schluss gemacht hat, ist er erst ganz am Ende der Pause erschienen. Aber dafür kann Marco ja nichts, der hat sicher seine Gründe. Um zwanzig nach sieben sehe ich ihn leichten Schrittes auf mich zulaufen und fröhlich winken. Er bleibt dicht vor mir stehen, in der Hand einen Strauß langstieliger roter Rosen. So ganz frisch scheinen die zwar nicht mehr zu sein, aber ich bin trotzdem beeindruckt. Seine Haare sehen kürzer aus als sonst, und er trägt eine Art Jackett zur Jeans.

»Warst du beim Friseur?«

»Na klar, ich will mich doch von meiner schönsten Seite zeigen. Scusa, dass ich dich habe warten lassen. Der Blumenladen war doch woanders, als ich dachte.«

Im nächsten Moment überreicht er mir die Rosen. Es sind mindestens dreißig. Wow! Mir hat noch nie jemand Blumen geschenkt, außer Papa zu meinem

Geburtstag. So ein großer Strauß muss eine Menge Geld gekostet haben.

»Das Restaurant ist hier gleich um die Ecke.« Mit großen Schritten stürmt er voraus. »Folge mir, ragazza.«

Ich hoffe, dass es nur ein kurzer Weg ist, denn die Rosen sind ziemlich schwer. Wir laufen die Straße entlang, und Marco schaut immer wieder auf sein Handy. »Wir müssen hier abbiegen!«

Ich folge wortlos. Fünf Minuten später haben wir das Restaurant immer noch nicht gefunden. Wir biegen wieder links ab, und Marco wird immer hektischer. Er dreht und wendet sein Handy, eilt zum nächsten Straßenschild voraus, um dann fluchend zu mir zurückzustapfen. »Ich verstehe das nicht. Wir sollten schon längst da sein!«

Erst tut er mir leid, doch zwanzig Minuten später bin ich echt genervt. Ich habe keine Lust mehr, ihm hinterherzudackeln. Irgendwie ist er gar nicht mehr richtig ansprechbar, außerdem schmerzen meine Arme mittlerweile. Um meinen Unterarm zu entlasten, lege ich mir die Rosen über die Schulter.

Weitere zehn Minuten später kommen wir an einem kleinen Bistro vorbei, das sehr einladend wirkt.

»Marco, sag mal, wollen wir nicht einfach hier essen gehen?« Mein Magen gibt seit längerer Zeit bedrohliche Laute von sich.

»Nein! Gleich sind wir da!«

Nachdem wir noch mal abgebogen sind, stehen wir wieder in der Straße, in der sich unsere Schule befindet.

»Das glaub ich jetzt nicht. Ich dachte, du weißt, wo das Restaurant ist?«

Marco reißt die Arme in die Höhe. »Ja, tue ich auch, im Internet sah es so einfach aus!«

»Im Internet? Du hast das also gar nicht in echt gesehen? Dann hätten wir doch überallhin gehen können. Ich dachte, es sei etwas ganz Spezielles.« Wie enttäuschend.

»Ist es auch. Ich habe eine Ewigkeit nach einem guten Italiener in Stockholm gesucht.« Er senkt seinen Blick. »Es tut mir leid.«

Ich atme tief durch und gehe einen Schritt auf Marco zu. Ich spreche ruhig, aber bestimmt. »Lass uns einfach da drüben reingehen und etwas essen. Das sieht doch nett aus.« Auf der gegenüberliegenden Straßenseite befindet sich eine kleine Tapasbar.

»Zum Spanier? No!«

»Okay, dann weiß ich auch nicht weiter. Vielleicht

sollten wir uns ein anderes Mal treffen.« Ich drehe mich von ihm weg.

»Tamara, warte. Ist gut, wir gehen da jetzt rein.«

Wir setzen uns an einen der kleinen Tische, und ich frage den Kellner, ob er die Rosen in eine Vase stellen kann. Inzwischen lassen die Blumen die Köpfe hängen. Marco tut so, als würde er das gar nicht bemerken. Zerknirscht bestellt er die gemischte Tapasplatte für zwei. Ich habe inzwischen so großen Hunger, dass ich mich auch über einen Hamburger in einem Schnellimbiss gefreut hätte. Ich stürze mich auf das Weißbrot, das schon auf dem Tisch steht. Der Kellner beobachtet uns amüsiert vom Tresen aus. Marco lässt ihn nicht aus den Augen.

Als ich schon drei Brotscheiben verschlungen habe, kommt der Kellner, der ähnlich lange Wimpern wie Marco hat, noch mal an den Tisch und bringt Wasser und einen »Gruß aus der Küche«: Oliven mit frischem Basilikum und verschiedene Käsesorten. Er bleibt etwas länger als nötig am Tisch und schenkt mir ein charmantes Lächeln.

»Hey, was gibt's denn hier noch zu gaffen?«, fährt Marco ihn plötzlich an und macht eine ausladende Handbewegung, wobei er sein Wasserglas vom Tisch fegt.

Der Kellner wirft Marco nur einen irritierten Blick zu, dann holt er Handfeger und Schaufel und entfernt wortlos die Scherben. Danach ist er eine Weile nicht mehr am Tresen zu sehen. Marco wischt über seinen Ärmel. »Bitte entschuldige, Tamara, manchmal geht mein Temperament mit mir durch. Und mein Orientierungssinn ist leider auch sehr schlecht.« Seine Wimpern bewegen sich wie Schmetterlingsflügel.

Ich versuche mich zu entspannen und konzentriere mich einzig und allein auf Marcos hübsches Gesicht. Der unerwartete Vorspeisenteller macht gute Laune, die Oliven und der Käse sind äußerst lecker, und die Tapasbar ist sehr gemütlich. Die Chancen stehen gut, dass es trotz des schlechten Starts noch ein schöner Abend wird. Hoffentlich das erste von vielen romantischen Dates mit Marco.

»Du bist wirklich eine Schönheit, Tamara«, haucht er. »Aber das hast du bestimmt schon sehr oft gehört.«

Eigentlich nicht, das lasse ich mir aber nicht anmerken.

Wir unterhalten uns eine Weile über mein Leben in Deutschland. Ich erzähle von Mia, er von seinem Freund Flavio. Danach tritt eine längere Pause ein, bis Marco die Stille durchbricht: »Wollen wir nachher vielleicht noch zu mir? Du weißt ja noch gar nicht, wo ich hier untergekommen bin.«

Zu ihm? Nachher? Hm.

»Mal sehen, jetzt genießen wir erst mal den Abend hier, oder?«

Um die peinliche Situation zu überspielen, erzähle ich von Marie und Jesper, bis ich irgendetwas an meinem Knie spüre. Als ich unter den Tisch gucke, sehe ich, dass es Marcos Fuß ist. Er hat seinen Schuh ausgezogen und füßelt an meinem Bein herum. Sein Fuß wandert noch ein Stückchen höher Richtung Oberschenkel. Als ich ihn fassungslos anschaue, setzt er ein engelsgleiches Unschuldslächeln auf und zuckt mit den Schultern.

Mir schießt das Blut in den Kopf. »Echt, ich glaube, du hast sie nicht mehr alle!« Ich trete gegen sein Schienbein.

»Aua! Was soll das denn? Bist du eigentlich verklemmt oder so was?« Abschätzig sieht er mich an.

Ich spüre, wie ich vor Wut puterrot werde. Langsam stehe ich auf. Einen Moment zögere ich, doch als ich Marcos zusammengekniffene Augen sehe, kann ich mich nicht mehr beherrschen. Ich nehme die schlaffen Rosen aus der Vase und haue sie ihm mit voller Wucht auf die Schulter. Beim Rausrennen remple ich den verdutzten Kellner an, der gerade unsere Tapasplatte an den Tisch bringen wollte.

Die kühle Luft draußen tut gut. Mit klopfendem Herzen sprinte ich die Straße entlang zur U-Bahn. Ein Blick über die Schulter verrät mir, dass Marco mir nicht gefolgt ist. Okay, er musste ja noch bezahlen, aber wenn er mich wirklich hätte einholen wollen, dann hätte er es geschafft.

Als ich in der ratternden U-Bahn sitze, muss ich weinen, bis sich mein Hals ganz zugeschnürt anfühlt. Wie konnte ich nur so bescheuert sein? Hab ich echt nicht geschnallt, dass Marco ein Aufreißer ist – nur weil ich Patrick in ihm gesehen habe? Ich war wirklich blind, dabei hatte ich doch schon auf der Party gemerkt, dass Marco auch andere Mädels anbaggert. Ich ärgere mich so sehr über mich selbst.

15

UM HALB ZEHN schließe ich die Tür zu Maries Wohnung auf. Sie sitzt auf dem Sofa, neben ihr ein Mann mit grauen Haaren, Vollbart und ganz vielen Lachfalten um die Augen. So stelle ich mir einen weisen, alten Kapitän vor.

»Oh, Tamara, du bist schon wieder da?« Marie winkt mich zu sich. »Darf ich vorstellen? Das ist mein lieber Freund Gustav.«

»Guten Abend, ich habe schon viel von dir gehört.« Gustavs tiefe Stimme passt zu meinem Kapitänsbild.

»Wolltest du nicht mit jemandem aus deiner Klasse essen gehen?«, fragt Marie.

»Ja, wollte ich, aber da ist was schiefgelaufen.«

»Oh, wie schade. Dann hast du also noch Hunger? Wir haben genug übrig gelassen. Magst du eine Portion Kartoffelauflauf und zum Nachtisch Schokoladenkuchen?«

»Ich würde sogar Spinat essen, so hungrig bin ich.«

»Na dann. Bleib sitzen, du Arme, ich mache es dir schnell warm.«

Gustav wendet sich zu mir. »Männer können manchmal ganz schön dumm sein. Ich weiß, wovon ich spreche, ich bin ja selbst einer.«

Ich hab keine Ahnung, woher er weiß, was los ist, aber seine Worte tun mir gut. Er reicht mir ein Knietablett, und Marie stellt den nach frischen Kräutern duftenden Auflauf darauf ab. Seite an Seite sitzen wir auf dem Sofa und gucken fern, während ich genüsslich den Auflauf mampfe. Endlich kann ich mich ein bisschen entspannen. Trotzdem sehe ich immer wieder das Bild von Marcos Fuß an meinem Oberschenkel vor mir.

Marie mustert mich. »Du siehst richtig geknickt aus. Was machen wir denn mal mit dir?« Nach einer kurzen Denkpause springt sie auf. »Ich hab eine Idee! Es würde dir vielleicht guttun, auch mal in Kontakt mit der schwedischen Jugend zu kommen. Übermorgen feiert Jesper seinen Geburtstag und gibt eine große Party. Ich werde ihn gleich mal anrufen und fragen, ob du nicht auch kommen kannst, okay?« Sie strahlt wie ein Honigkuchenpferd.

Ich reagiere nicht schnell genug, um Marie aufzuhalten. Schon hat sie zum Hörer gegriffen und Jespers Nummer gewählt. Nun stellt sie auch noch auf laut.

»Hej, Jesper, wie geht's? Du, wie wäre es, wenn Tamara übermorgen zu deiner Party käme?«

Eine gefühlte Ewigkeit antwortet er nicht, und ich würde vor Scham am liebsten im Sofa versinken. Gustav zieht eine Augenbraue hoch.

»Klar, warum nicht?«

Hm. Das klang nicht gerade begeistert. Ich glaube nicht, dass ich da hingehen werde.

»Na, das ist ja wunderbar!« Marie sieht durch und durch zufrieden aus.

Wieder sehe ich Marco vor mir. Vielleicht werde ich doch mal bei der Party vorbeischauen – zur Ablenkung von dem schlechten Film heute Abend, der sich immer wieder ungefragt in meinem Kopf abspult.

Als Marie aufgelegt hat, lehnt sie sich lächelnd in ihrem Sessel zurück. »Ach, manchmal können Dinge auch ganz einfach sein.«

Wenn die wüsste.

»Übrigens habe ich mir anlässlich von Jespers Geburtstag etwas überlegt, was wir am Wochenende alle zusammen machen können.« Marie strahlt vor Freude.

»Ach ja?«, frage ich skeptisch.

»Ich dachte, wir fahren am Samstag zusammen nach Gröna Lund ins Tivoli. Du kannst Emma gern einweihen, aber kein Wort zu Jesper, okay?«

Vor meinem geistigen Auge sehe ich wieder Emma, die mir böse Blicke zuwirft, betrunken kichert und sich auf ihrer Matratze hin und her wälzt. Doch obwohl heute alles schiefgelaufen ist, will ich nicht pessimistisch sein. Bestimmt wird Jespers Party richtig gut, und wer weiß, vielleicht werden Emma und ich sogar Freundinnen.

16

DIE BEGEGNUNG mit Marco am nächsten Tag ist so unangenehm, dass ich überlege, einfach zurück zu Marie zu fahren. Wann immer ich in seine Richtung sehe, schaut er mich mit einem geradezu mitleiderregenden Dackelblick an. Während der Stunde versucht er immer wieder, mit mir zu reden, aber ich blocke jedes Mal ab.

In der Pause verlasse ich schnell das Klassenzimmer, doch Marco eilt mit hängendem Kopf hinter mir her. »Tamara.« Er rollt das R wie nie zuvor. »Es tut mir so, so leid. Ich weiß gar nicht, was da gestern in mich gefahren ist. Gibst du mir noch eine Chance?« Wieder dieser Hundeblick.

Mann, warum muss der auch so gut aussehen?

»Ich überleg es mir.« Mit diesen Worten wende ich mich ab und versuche ihn erst mal, den Rest des Tages zu ignorieren. Leider bin ich dabei alles andere als cool, denn kalt lässt mich das Ganze nun wirklich nicht.

Ich versuche, an morgen zu denken. Da ist Jespers Geburtstagsparty, und wenn ich schon hingehe, muss ich auch ein Geschenk mitbringen. Ich überlege hin und her, was ich ihm kaufen könnte.

Nach der Schule bummeln Holly, Ava und ich durch die Secondhandshops in Södermalm. Obwohl ihn keiner eingeladen hat, ist Marco wieder mit von der Partie. Er redet mindestens doppelt so viel wie sonst und klimpert unaufhörlich mit seinen langen Wimpern. Beim Versuch, so dicht wie möglich neben mir zu laufen, tritt er mir zweimal auf die Füße.

Plötzlich zeigt Holly auf einen Laden mit schrägen bunten Shirts im Schaufenster. »Lasst uns da mal reingehen!«

Mit Marco im Schlepptau hab ich zwar nicht besonders große Lust dazu, aber vielleicht finde ich etwas, das mir gefällt. Holly reißt sofort ein türkisgrünes Glitzer-Top aus dem Regal und verzieht sich damit in die Umkleidekabine. Sie hat wirklich einen geschulten Blick – ich hab mich noch nicht mal richtig orientieren können. Schon tritt sie wieder heraus und dreht sich vor dem Spiegel. Das Top passt super zu ihren Augen.

Marco, der bis eben neben mir stand, macht einen Schritt auf sie zu. »Holly, wow. Du siehst hinreißend aus!«

Hinreißend. Das ist wieder typisch Marco! Ich beobachte im Spiegel, wie er ihr zuzwinkert, doch sie reagiert nicht darauf und verschwindet wieder in der Kabine. Ava schaut sich einen Ständer mit Sommerkleidern an.

Unauffällig nähere ich mich dem Ausgang. »Also, ich gehe schon mal weiter. Ich muss noch ein paar Mitbringsel besorgen. Wir sehen uns morgen in der Schule.«

Marco kommt wie selbstverständlich hinter mir her, doch es gelingt mir, ihm mit nur einem Blick zu signalisieren, dass er mich im Moment in Ruhe lassen soll.

Ich lasse mich durch die Straßen treiben und entdecke eine süße kleine Gasse. In einiger Entfernung erspähe ich ein Geschäft, an dem ein Schild mit einem großen Segelboot im Wind hin und her schaukelt. Ich freue mich riesig, als mir im Schaufenster lauter Dinge entgegenblitzen, die mit Schiffen zu tun haben. Es dauert nicht lange, bis mir etwas ins Auge sticht, das mir selbst auch gefallen würde: ein Schlüsselanhänger mit einem in Silber eingefassten Stern aus einem blauen Material, das ich nicht deuten kann. Der Verkäufer verrät mir, dass der Stern aus gefärbtem Segeltuch ist und ein Glücksbringer für Segler sei, die sich beim Navigieren oft auf das Sternenbild verlassen müssen. Der Anhänger ist zwar ein bisschen teuer, aber Marie hat mal erwähnt, dass Jesper segelt. Er könnte also das perfekte Geschenk sein.

17

UM ZWANZIG VOR ACHT stehe ich an einer lärmenden Hauptstraße und studiere die Klingelschilder am Haus Nummer 48. Hinter mir taucht eine Gruppe junger Schweden auf, die zielstrebig auf die Klingel drückt. Als der Summer ertönt, schlüpfe ich einfach mit durch. Jesper wohnt im vierten Stock. Er öffnet die Tür und begrüßt überschwänglich seine Freunde. Wummernde Musik dringt in den Flur. Ich bin ein Stück hinter der Gruppe zurückgeblieben. Jesper will die Haustür schon wieder schließen, als er mich auf dem Treppenabsatz entdeckt.

»Tamara!«, sagt er und wirkt überrascht.

»Herzlichen Glückwunsch!« Ich trete über die Türschwelle und umarme ihn, was mich selbst wundert. Leider war er darauf nicht vorbereitet, sodass sein Kinn gegen meine Stirn stößt. Doch er lässt sich nichts anmerken.

»Komm rein!«, sagt er freundlich und macht eine einladende Geste.

Im unerwartet großen Wohnzimmer tummeln sich mindestens zwanzig Jungen und Mädchen. Zum Glück sind alle so in ihre Gespräche vertieft, dass ich nicht auffalle. Die meisten scheinen sich zu kennen. Lautstark unterhalten sie sich, lachen, trinken, wippen zur Musik. Ich fange von allen Seiten schwedische Satzfetzen auf. Eine halbe Stunde lang stehe ich nur herum, bis Jesper mit einem Drink neben mir auftaucht. Der ist unnatürlich blau, fast wie seine Augen. »Prost!« Wir lassen unsere Gläser klingen, aber irgendwie bin ich völlig verkrampft. Ich nippe an dem viel zu süßen Getränk, das nach Vanille und Orange schmeckt. Jesper bleibt nicht lange an meiner Seite, denn die nächste Gruppe ist eingetroffen. Diesmal nur Mädels, eine schöner als die andere. Unter ihnen ist auch Emma. Komisch, Jesper und sie begrüßen sich kaum. Ob sie sich gestritten haben?

Ich bin mit Abstand die Kleinste, und wohl auch die Jüngste. Ich spreche nur ein paar Brocken Schwedisch, und Jesper hat sowieso kaum Zeit für mich. Je länger ich blöd herumstehe, umso mehr frage ich mich, was ich eigentlich hier mache.

Unschlüssig setze ich mich auf einen der Barhocker, die an der Wand stehen. Jemand klickt am Computer rum, ändert die Musikrichtung und legt ein schwedisches Lied auf, was alle, aber wirklich alle Mädels außer mir, wie ein Magnet auf die Tanzfläche zieht. Sie singen lauthals mit, und ich verstehe rein gar nichts.

»Vill du dansa?«, höre ich einen Jungen sagen.

Na, da hab ich mal was verstanden. Jemand wurde gefragt, ob er tanzen will. In meinem Blickfeld erscheint ein dunkelblonder Junge mit Stoppelhaaren und auffallend großer Nase. »Vill du dansa?«

Ach, du Schreck! Der meint mich! Er deutet auf die Tanzfläche. Ich schüttele heftig den Kopf. Da mir gerade das schwedische Wort für Zeit einfällt, *tid*, sage ich einfach, ich hätte keine Zeit. Was natürlich Quatsch ist, aber wenigstens konnte ich auf Schwedisch antworten. Er sieht mich ratlos an und zieht enttäuscht wieder ab. Ich hab ein schlechtes Gewissen, aber mit dem hatte ich wirklich keine Lust zu tanzen, so vor allen. Nach einer Reihe Lieder mit viel Beat wird die Musik ruhiger, und die Tanzfläche leert sich. Ein Mädchen namens Svenja quetscht mich über Deutschland aus und darüber, wie ich denn Jesper kennengelernt habe. Bevor ich antworten kann, wird sie von Emma, die mich keines Blickes würdigt, auf die Tanzfläche gezerrt. Was hab ich Emma eigentlich getan? Ich versuche, es nicht an mich heranzulassen.

Irgendwann taucht Jesper neben mir auf. Die Musik ist recht laut, und er rückt ganz dicht an mich ran. »Hej, Tamara, sorry, dass ich erst jetzt zu dir komme. Ist bestimmt nicht leicht für dich, weil du kaum jemanden kennst. Ich freue mich aber sehr, dass du da bist.«

Das überrascht mich, aber es freut mich auch. Er zieht mich sanft auf die Tanzfläche. Bestimmt hat er schon ein paar Bier getrunken. Er riecht zwar nicht nach Alkohol, aber anders kann ich mir nicht erklären, dass er mit mir tanzen will. Genau in dem Moment wird wieder ein langsames Lied gespielt. Außer uns sind nur zwei Paare auf der Tanzfläche. Ich fange an zu schwitzen. Wie soll ich mich denn zu so einem Lied bewegen? Plötzlich springt Emma auf die Tanzfläche und zerrt Jesper ein Stück zur Seite. Ach nee, nun ist die auch noch eifersüchtig! Ich hätte echt zu Hause bleiben sollen. Zum Glück verstehe ich kein Wort von dem, was sie ihm entgegenschleudert. Er schüttelt nur den Kopf und verlässt, so schnell er kann, die Tanzfläche. Großartig. Da stehe ich nun wie ein begossener Pudel. Emma wirft mir noch einen vernichtenden Blick zu und verschwindet ebenfalls. Oje, unser Ausflug ins Tivoli kann ja heiter werden.

Neben mir taucht wieder der Schwede mit der großen Nase auf. »Vill du dansa nu?«

Unfassbar. Könnte bitte jemand umschalten und mich aus diesem falschen Film befreien? Diesmal gucke ich den Typen ratlos an und verziehe mich auf den Flur zur Garderobe. Aus meiner Jacke fingere ich mein Handy heraus.

SOS, tippe ich.

Mia antwortet sofort. **Kann ich helfen?**

Ich wünschte, du könntest.

Ist die Party so schlimm?

Ja. Erstens passe ich nicht hierher, und zweitens ist mir eben fast Jespers Freundin Emma an die Kehle gesprungen, weil er mit mir getanzt hat. Und dann hat er mich einfach stehen lassen.

Nichts wie weg, oder?

Auf einmal steht Jesper vor mir. Er tritt unsicher von einem Bein aufs andere. »Tamara, hör zu, es tut mir total leid wegen eben.« Sein Blick fällt auf meine Jacke. »Willst du etwa schon gehen?«

Na, was glaubt der denn? Dass das hier die Party meines Lebens ist?

»Ja.« Ich drehe mich um. Dann fällt mir ein, dass ich noch was vergessen habe. Ich krame das kleine Päckchen aus meiner Jackentasche. »Herzlichen Glückwunsch zum Geburtstag.« Ich überreiche Jesper sein Geschenk, das der Verkäufer in hellblaues Papier mit klitzekleinen weißen Segelschiffen eingeschlagen hat. »Bis bald, und danke für die Einladung.«

»Warte doch! Ich pack es noch aus. Bitte.«

Langsam drehe ich mich wieder um. Jesper lächelt dankbar. Mit seinen langen, schlanken Finger wickelt er vorsichtig das Geschenk aus. Er öffnet die kleine Dose, holt den Stern raus und legt ihn in seine flache Hand. Eine Minute lang starrt er ihn nur an, dann sagt er: »Oh.«

Von wegen das perfekte Geschenk! Mit dem Schlüsselanhänger habe ich wohl gründlich danebengegriffen.

Plötzlich taucht auch noch Emma im Flur auf und blinzelt mich wütend an. Jesper lässt das Geschenk blitzschnell in seine Hosentasche gleiten. Ich reiße die Tür auf und fliege die Treppen runter.

»Tamara, warte!«, höre ich Jesper noch rufen.

Aber genau das tue ich nicht. Ich will einfach nur noch raus hier.

Marie wirkt richtig enttäuscht, als ich um Viertel nach zehn die Wohnungstür aufschließe.

»Wir hatten doch abgemacht, dass du mich anrufst, wenn ich dich abholen soll!«

»Das war nicht nötig. Ich hätte da nie hingehen sollen.«

»Oh. Warum denn nicht? Was ist denn passiert?«

»Also, unter anderem ist Emma mir ins Gesicht gesprungen, weil Jesper sich mit mir unterhalten hat. Na ja, getanzt haben wir auch kurz. Und mein Geschenk hat ihm überhaupt nicht gefallen.«

»Das kann ich mir schwer vorstellen! Wie könnte er den tollen Schlüsselanhänger nicht mögen! Und Emma? Das verstehe ich absolut nicht. Sie ist doch sonst immer so lieb und freundlich.«

Nach einer längeren Pause fragt sie vorsichtig: »Hast du trotzdem Lust, am Wochenende mit Jesper, Emma und mir ins Tivoli zu gehen?«

»Nee, sorry, Marie.«

Ach, du Schreck. Die sonst so fröhliche Marie sieht richtig enttäuscht aus.

»Ich kann es mir ja noch mal überlegen, okay?«, lenke ich ein.

»Alles klar, dann schlaf gut!«

Wenigstens lächelt Marie jetzt wieder.

18

SAMSTAGMITTAG treffen wir uns mit Jesper am Bootsanleger. Freudig winkt er uns zu. Ich halte Ausschau nach Emma, doch ich kann sie nirgends entdecken. Vielleicht kauft sie sich noch einen Kaffee?

»Hej, Tamara«, begrüßt er mich, als wäre nie etwas vorgefallen.

Ich hebe nur kurz die Hand und nicke ihm zu.

»Hej, Jesper, wo ist denn Emma?«, will Marie wissen.

»Emma? Also, die … hat leider abgesagt«, entgegnet er und hebt bedauernd die Schultern.

»Ach, wie schade«, sagt Marie. »Ich hatte mich schon darauf gefreut, sie wiederzusehen. Dann bring sie doch bald mal wieder zum Essen mit.«

Jesper räuspert sich. »Sie ist im Moment ziemlich beschäftigt, fürchte ich.«

Bilde ich's mir nur ein, oder weicht er Maries Blick aus?

»Schaut mal, da ist unsere Fähre!«, ruft Marie in dem Moment, und wir drängeln uns durch die Menschenmenge. »Als Jesper und ich das letzte Mal in Gröna Lund waren, war er elf Jahre alt. Es war ein wundervoller Tag, aber wir sind seitdem nicht mehr hier gewesen. Damals hatte sich Jesper gewünscht, dass er bei unserem nächsten Besuch mit der Achterbahn *Insane* fahren darf. Gute Nachrichten, Jesper: Du darfst!« Marie zwickt ihm in die Wange, und er rollt lächelnd mit den Augen.

Kaum sind wir von Bord gegangen, läuft Marie zielstrebig auf die Achterbahn zu, die noch verrückter ist, als ich sie mir vorgestellt habe. Nicht nur, dass sich die Bahn in mehreren Loopings extrem steil nach oben windet – die Sitze befinden sich auch noch links und rechts der Schienen und scheinen frei beweglich zu sein. Gerade zischt ein Waggon voller kreischender Mädchen an uns vorbei. Da soll ich mitfahren? Und vielleicht noch neben Jesper sitzen? Das können die beiden vergessen!

»Wollen wir?«, fragt Jesper mich und sieht aus wie ein kleines Kind, das sich auf Weihnachten freut.

»Nee, ich mag Achterbahnen nicht.«

»Ach so.« Er sieht enttäuscht aus.

Da packt ihn Marie am Ärmel und ruft: »Komm, dann fahren wir eben!«

Keine zehn Minuten später rasen die zwei an mir vorbei und schreien sich die Seele aus dem Leib. Trotz der Rückwärts-über-Kopf-ich-weiß-nicht-mehr-wo-oben-und-wo-unten-ist-Loopings wirkt Marie richtig vergnügt in ihrem Sitz.

Nach der Fahrt mit der Achterbahn steuert Marie, noch etwas blass um die Nase, sofort auf das nächste Karussell zu, einen Fallturm.

»Ich stell mich schon mal dort drüben an, was ist mich euch?«

Jesper dreht sich zu mir um. »Wollen wir vielleicht etwas essen?«

Ich nicke, und die beiden vereinbaren einen Treffpunkt vor dem Fallturm. Schweigend folge ich Jesper zu einem Stand mit gebratenen Mandeln, glasierten Äpfeln und rosa Zuckerwatte.

Er zeigt auf die Theke. »Was magst du?«

Ich nehme die Zuckerwatte, denn sie erinnert mich an schöne Stunden auf dem Jahrmarkt mit meinen Eltern und Oma Alma. Jesper bestellt zwei Portionen, bezahlt und überreicht mir meine lächelnd.

Wir setzen uns auf eine Parkbank und zupfen schweigend an der rosa Watte.

»Womit würdest du gern noch fahren? Vielleicht mit dem Kettenkarussell? Dahinten gibt's eins, das sich erst in zwanzig Meter Höhe dreht.«

»Nee, danke. Keine Lust«, erwidere ich und wickle mir ein Stückchen Zuckerflausch um den Finger.

»Bist du noch sauer wegen Samstag?« Jesper schaut mir direkt in die Augen.

»Ich bin nicht sauer. Ich –«

»Ich wünschte, du wärst nicht einfach weggerannt. Ich hätte dir gern alles erklärt.«

»*Einfach* weggerannt? Du hast mich auf der Tanzfläche stehen lassen und noch nicht mal Danke für mein Geschenk gesagt!«

Er seufzt. »Ich weiß, das war nicht richtig.«

»Und deine Freundin wirft mir die ganze Zeit giftige Blicke zu!«

»Tut mir leid, ich hab keine Ahnung, warum Emma an dem Abend so abgegangen ist. Ich weiß noch nicht einmal, warum sie überhaupt da war.«

Ich verstehe gar nichts mehr. »Aber wieso hätte sie denn nicht da sein sollen? Es war doch dein Geburtstag!«

Jesper antwortet nicht sofort. Dann sagt er zögernd: »Ich hatte sie nicht eingeladen, aber offenbar bereut sie jetzt plötzlich ihre Entscheidung.«

»Ihre Entscheidung?«

Wieder dauert es einen Moment, bis Jesper reagiert. »Dass sie mit mir Schluss gemacht hat.« Er blickt mich an. »Emma hat sich kurz nach dem Mittsommerfest in einen anderen verknallt.«

»Was?«, platzt es aus mir heraus.

»Der Typ ist eine Klasse über uns. Er nimmt Schauspielunterricht und hat den braunen Gürtel in Ninjutsu. Irgendwie hat sie schon immer für ihn geschwärmt. Ich wollte es nur nicht wahrhaben.«

Plötzlich tut er mir richtig leid. Damit hatte ich nicht gerechnet. »Ich weiß, wie sich das anfühlt«, murmele ich.

Jesper macht ein überraschtes Gesicht. »Dein Freund hat dich auch sitzen lassen?«

»Ja, drei Wochen vor den Sommerferien.«

»So ein Idiot!« Er streicht mir sanft über den Handrücken, so kurz, dass ich fast meine, ich hätte es mir nur eingebildet.

Schweigend sitzen wir noch ein paar Minuten nebeneinander, bis Jesper auf seine Uhr blickt. »Wir müssen zurück zu Marie!«

»Oh ja, stimmt.« Ich stehe auf.

»Warte kurz. Eine Sache habe ich noch vergessen. Wegen des Geschenks …«

»Ja?«

»Du hast mir dieses geniale Geschenk gemacht, und es hat mir buchstäblich die Sprache verschlagen. Sorry, dass ich mich nicht bei dir bedankt habe.«

»Es hat dir also gefallen?«

»Ja, sehr sogar. Es hat mich an meinen Vater erinnert. Bevor er krank wurde und starb, sind wir oft zusammen segeln gegangen. Er hatte einen ganz ähnlichen Anhänger.« Jesper schluckt. »Es war das schönste Geschenk, das du mir machen konntest.«

Ich bin so verwirrt, dass der Rest des Tages nur so an mir vorbeirauscht. Als Jesper sich von Marie und mir an der Fähre verabschiedet, schaut er mich ein bisschen länger an als sonst. Ich sehe unsicher weg, denn ich weiß gar nicht, was mit mir geschieht. Trotz des frischen Winds ist mir plötzlich so warm. Ich muss lächeln und weiß gar nicht genau, warum.

19

ICH VERSTEHE ES EINFACH NICHT. Egal, wie sehr ich auch versuche, ihn aus meinen Gedanken zu verdrängen – überall ist Jesper. Wenn ich in der Schule sitze, wenn ich durch Stockholm schlendere, wenn ich einschlafen will. Wie kann das sein? Er ist doch gar nicht mein Typ!

Wenn ich Marco in der Schule sehe, bin ich kaum mehr aufgeregt. Er hingegen legt sich nach unserem missglückten Date gleich doppelt ins Zeug. Während der Stunde berührt er mich immer mal wieder zufällig und schiebt mir kleine Zettel zu, auf denen Komplimente stehen. Gleichzeitig versucht er mit Holly zu flirten, obwohl die überhaupt kein Interesse mehr zeigt. Ava hat mir außerdem gesteckt, dass sie Marco mit dem blonden Minirock-Mädel von der Schulparty gesehen hat. Und ganz sicher haben sie sich diesmal nicht nur über Padua unterhalten.

Am Ende der Woche fange ich Marco nach Schulschluss ab.

Er strahlt mich an. »Tamara, wollen wir ein Eis essen gehen?«

»Nein, eigentlich wollte ich nur kurz mit dir reden.«

»Ja, natürlich«, Marco streicht sich die dunklen Haare aus dem Gesicht, »ich wollte auch mit dir sprechen.« Er macht einen Schritt auf mich zu, bis er ganz nah vor mir steht, und greift nach meiner Hand.

Ich weiche zurück. »Marco, ich glaube, das ist keine gute Idee.«

Er kommt mir hinterher. »Bellissima, ich weiß, das ist kein würdiger Rahmen für diesen Moment. Gern hätte ich einen Tisch reserviert, aber ich wollte erst –«

»Marco, hör mir doch mal zu! Ich meine, das mit uns beiden ist keine gute Idee. Du und ich, wir passen einfach nicht zusammen!«

Marcos Miene verdüstert sich. »Tamara, ich verstehe nicht ...«

Ich seufze. »In Zukunft werde ich neben Ava sitzen, okay? Ich glaube, es ist einfach besser, wenn wir ab sofort getrennte Wege gehen.«

Marco starrt mich ungläubig an. »Come ... perché?« Er ringt nach Worten. »Was ... was hast du denn auf einmal? Bist du immer noch sauer wegen der Tapasbar?«

Immer noch? Er will es einfach nicht kapieren, und so langsam, aber sicher geht er mir auf die Nerven. »Hör zu, es ist nicht nur wegen der Tapasbar. Ich hab auch einfach gemerkt, dass du dich nicht wirklich für mich interessierst. Du rennst doch hier allen Frauen hinterher!«

Jetzt macht sich ein Grinsen auf Marcos Gesicht breit. »Du bist eifersüchtig, amore.«

»Nein, ich hab nur keine Lust mehr auf deine Spielchen!«, rufe ich wütend. »Denn so toll bist du auch wieder nicht. Du siehst zwar gut aus, aber das ist auch schon alles. Und das ist mir ehrlich gesagt zu wenig.«

Marco klappt der Mund auf.

Bevor er etwas sagen kann, lege ich noch mal nach: »Und darum will ich, dass du mich ab sofort in Ruhe lässt. Auch keine SMS mehr, kapiert?«

Mit jedem Satz fühle ich mich besser, so als hätte ich mich von Patrick gleich mit befreit. Ich sehe Marco fest in die Augen.

Der läuft rot an. »Soll ich dir mal was sagen? Auf solche Zickereien hab ich eh keinen Bock! Ich hab's nämlich nicht nötig, nur nach deiner Pfeife zu tanzen. Da draußen gibt's hundert Mädchen, die darauf brennen, mit mir Eis essen zu gehen! Capisce?«

»Na, dann ist ja gut. Schönen Tag noch.« Ich drehe mich um und lasse ihn einfach stehen. Mit jedem Schritt, den ich mich von ihm entferne, wird mein Lächeln breiter. Mann, das war nötig. Wie bescheuert wäre es denn auch, wenn ich mir schon wieder etwas vormache, und alles nur, weil Marco so bezaubernd aussieht wie Patrick?

Nach dem Abendessen steht plötzlich Jesper im Wohnzimmer. Mir läuft eine warme Welle über den Rücken. Marie und ich hatten uns gerade einen Krimi auf DVD angeschaut und gar nicht gehört, wie er die Tür aufgeschlossen hat.

»Ich hab geklopft, aber niemand hat reagiert.«

Marie strahlt. »Hej, Jesper, was für eine Überraschung! Setz dich doch zu uns. Willst du auch Preiselbeerschorle? Warte, ich hol dir ein Glas.« Sie steht auf und geht in die Küche.

Jesper kommt zögernd auf das Sofa zu. »Hej, Tamara. Wie geht's?«

»Hej«, krächze ich. »Gut.« Nun lässt mich auch noch meine Stimme im Stich.

Er setzt sich neben mich aufs Sofa. Ein Hauch von frischem Holz und Mandarine weht zu mir rüber.

Marie kehrt mit einem Glas und einer Riesenschüssel Chips zurück. »Hier, meine Lieben, greift zu.«

Obwohl der Film superspannend ist, kann ich mich kaum darauf konzentrieren. Ich versuche, herauszubekommen, was mir eigentlich an Jesper gefällt. Ist es sein Lachen oder sein lässiger Kleidungsstil? Finde ich ihn nur gut, weil Marco sich genau wie Patrick als Aufreißer entpuppt hat? Nein, es ist noch mehr. Jesper strahlt eine Ruhe aus, die mir guttut. So etwas habe ich noch nie bei einem Jungen erlebt. Klar, coole Jungs gibt's genug, aber bei Jesper spüre ich, dass er wirklich in sich ruht.

Der Film ist schneller vorbei, als mir lieb ist.

»Marie, darf ich heute Nacht hierbleiben?«

»Was ist denn das für eine Frage, na klar! Dann können wir morgen zu dritt frühstücken.« Marie bekommt rote Wangen vor Freude.

Ich werde auch ganz rot, aber aus anderen Gründen. Während Marie Laken und Bettbezug holt, bleiben wir schweigend auf der Couch sitzen.

»Du, Tamara, ich wollte dich noch was fragen«, druckst Jesper herum.

»Ja?«, frage ich, lauter als gewollt.

»Hast du morgen schon etwas vor? Ich dachte, nur falls du Lust hast, könnte ich dir ein bisschen die Gegend zeigen.«

»Tolle Idee!«, stoße ich atemlos hervor. Oje, wenn ich weiter so laut und abgehackt spreche, überlegt er es sich vielleicht noch mal anders.

»Das freut mich aber.« Er lächelt, und plötzlich fühle ich mich einfach nur wohl.

20

IN DER NACHT werde ich oft wach und frage mich, was Jesper wohl gerade träumt. Als Marie am Morgen behutsam an meine Tür klopft, habe ich das Gefühl, kaum geschlafen zu haben. »Tamara, Frühstück«, flötet sie, gut gelaunt wie immer.

»Ich komme gleich!«

Als ich frisch geduscht nach unten gehe, höre ich Marie fragen, was denn mit Emma sei. Jesper murmelt etwas, was ich nicht verstehe. »Ach, du meine Güte, das habe ich ja gar nicht mitbekommen. Mein armer Junge.« Ich bin sicher, dass Marie ihn in ihrer überschwänglichen Art gerade an sich drückt. Unschlüssig warte ich vor der Tür, dann räuspere ich mich und trete in die Küche.

»God Morgon!«, ruft Marie mir entgegen.

Jesper lächelt und schiebt mir den Korb mit den Zimtschnecken und Brötchen rüber.

Marie gießt mir einen Tee ein. »Wo soll es denn heute hingehen, ihr beiden?«

»Ich dachte an Fjäderholmarna.«

»Oh, Jesper, das ist eine grandiose Idee. Da war ich mit Gustav vor einigen Wochen. Im Café Rökeriet, unten am Jachthafen, müsst ihr unbedingt den Kuchen probieren, der ist ein Traum.«

Den Weg zur Fähre verbringen wir schweigend, diesmal ist es aber gar nicht unangenehm. Anders als bei Patrick, habe ich bei Jesper nicht das Gefühl, zwanghaft irgendwelche Redepausen füllen zu müssen.

Auf der Fähre stellt Jesper seinen Rucksack ab. Ein Buch guckt heraus.

»Was liest du da?«

»Das handelt von der Welt von morgen, ist so fantasymäßig. Ganz cool geschrieben, die erste Hälfte hatte ich in einem Rutsch durch.«

Ich zeige Jesper mein Lieblingsbuch, einen Mystery-Thriller, den Mia mir geschenkt hat. Dann erzähle ich von Mia und dass ich ihr einen Wikingerhelm mitbringen soll. Jesper lacht und rückt ein Stück näher an mich heran. Oder bilde ich mir das nur ein? Wir fahren wieder am Tivoli vorbei.

»Warum wart ihr eigentlich so lange nicht mehr in Gröna Lund?«

Nach einer langen Pause antwortet Jesper: »Als

Papa schon sehr krank war, haben wir noch ein letztes Mal alle zusammen den Park besucht. Damals war ich fast zwölf. Als er dann gestorben ist, wollte ich nicht wieder hin, weil ich die Erinnerung nicht zerstören wollte. Nicht mit etwas anderem überschreiben, verstehst du?«

»Oh.«

»Vor einiger Zeit hat Marie mich gefragt, wie ich jetzt dazu stehe, und ich hab ihr gesagt, dass ich gerne mal wieder hinfahren würde. Ich bin sehr froh, dass wir zusammen dort waren. Auch wenn du es nicht so genossen hast. Oder?«

Der Himmel hat heute die gleiche Farbe wie Jespers Augen.

»Doch, na ja, nein, erst nicht. Aber dann schon irgendwie.«

»Verstehe.«

Wirklich? Ich verstehe es ja selbst nicht.

In Fjäderholmarna erinnert nichts mehr an die Großstadt Stockholm. Wir schlendern durch ein Wäldchen bis zu dem Jachthafen, wo sich das Café mit dem leckeren Kuchen befindet. Jesper lädt mich ein. Mein *Kladdkaka*, was wohl so viel heißt wie Klebkuchen, klingt zwar nicht so lecker, schmeckt dafür aber umso besser nach Vanille und Schokolade. Für einen kurzen Moment schließe ich genussvoll die Augen. Als ich sie wieder öffne, bemerke ich, dass Jesper mich ansieht. Mit so einem liebevollen Blick, dass ich mich fast verschlucke. Wenn Patrick und Marco mir in die Augen geschaut haben, wurde mir zwar immer schwindlig – aber es hat mich noch niemand so angeguckt wie Jesper eben.

Mir wird schlagartig bewusst, dass Patrick und Marco mehr mit sich selbst beschäftigt waren als mit mir. Bei Jesper ist das anders. Ich glaube, er kann sich voll und ganz auf andere Menschen einlassen.

Nach dem Essen bummeln wir durch eine Straße mit bunten Häuschen, in denen sich kleine Ateliers und Kunsthandwerkgeschäfte befinden. Ich entdecke einen Buchbinderladen, in dessen Schaufenster Tage- und Notizbücher in allen Farben des Regenbogens ausliegen. »Oh, wie schön. Ich liebe Tagebücher!«

Jesper zieht mich sanft in das Lädchen hinein. »Welche Farbe gefällt dir am besten?«

»Am allerbesten gefällt mir dieses helle Blau.« Kaum hörbar flüstere ich: »Das erinnert mich an deine Augen.«

Wir stöbern noch eine Weile in dem Laden herum und blättern die kunstvollen Bücher durch.

Gerade haben wir den Laden verlassen, als Jesper sich noch mal umdreht. »Mist, ich hab meinen Rucksack drinnen vergessen. Bin gleich wieder da.« Er geht zurück, während ich die Auslage einer Modeboutique betrachte.

Auf dem Rückweg genießen wir noch ein bisschen die Sonne am Sandstrand neben dem Fähranleger. Jesper erzählt begeistert von seinem Praktikum in einer Webdesign-Firma und von seinen Freunden, die er fast jeden Tag im Park trifft. Seine gelassene Art gefällt mir immer besser.

Ich denke nicht nach, als ich meine Hand ganz behutsam auf seine lege. Es passiert einfach, ganz intuitiv. Erstaunt blickt Jesper auf und fährt mit seinem Zeigefinger über meine Hand, dann über meinen Arm bis zum Ellbogen. Sofort bekomme ich eine unübersehbare Gänsehaut. Ich räuspere mich. Jesper schaut mich unverwandt an, dann springt er plötzlich auf. »Da, die Fähre sollten wir nehmen, die nächste kommt erst wieder in einer Stunde.«

Zwei Minuten später hechtet er als Erster an Bord und dreht sich nicht mehr zu mir um. Was ist denn auf einmal los mit ihm? Draußen an Deck setzt er sich in eine Reihe, in der nur noch ein Platz frei ist. Das gibt es doch gar nicht! Ist er etwa wieder mit

Emma zusammen und will sie nicht hintergehen? Aber warum sagt er es dann nicht einfach?

Demonstrativ lehne ich mich an die Reling ihm gegenüber und beobachte ihn. Nicht ein einziges Mal schaut er zu mir rüber. Kaum haben wir angelegt, eilt er von der Fähre. Um ihn nicht in der Menschentraube am Anleger zu verlieren, muss ich mir mit den Ellbogen einen Weg durch die Menge bahnen.

Immerhin wartet er an Land auf mich. Bevor ich etwas sagen kann, verabschiedet er sich mit den Worten: »Sorry, Tamara, ich muss leider dringend los.«

»Tu, was du nicht lassen kannst«, presse ich zwischen zusammengebissenen Zähnen hervor.

»Tut mir echt leid«, ruft Jesper mir noch mal über die Schulter zu, dann ist er auch schon weg.

Eigentlich hatte ich gedacht, ich wäre nicht mehr im falschen Film. Wie man sich doch täuschen kann.

21

JESPERS WORTE hallen noch immer durch meinen Kopf. »Sorry, Tamara, ich muss leider dringend los.«

Bedrückt starre ich auf meinen Teller mit der Kanelbulle. Weder die leckeren Zimtschnecken noch der schöne Strauß Wiesenblumen, den Marie auf den Frühstückstisch gestellt hat, können mich heute aufheitern.

»Ach, Marie, ich kapier das nicht. Ich hab irgendwie immer nur Pech mit den Jungs. Was um Himmels willen mach ich denn nur falsch?«

Marie schaut mich eine Weile nur lieb an, dann deutet sie auf die Blumen. »Ist dir vielleicht inzwischen wieder eingefallen, was du in der Mittsommernacht geträumt hast?«

Ich seufze. »Ja, ich weiß es wieder. Ehrlich gesagt, hatte ich es auch nicht wirklich vergessen – ich wusste nur nichts damit anzufangen. Der Traum war nämlich sehr komisch. Jesper kam darin vor, aber auch Patrick.« Ich umklammere meine Teetasse.

»Patrick? Der Herzensbrecher? Das ist ja ein Ding.« Sie schenkt mir Tee nach.

Wut steigt in mir hoch. »Ja, genau. Das hat mich richtig geärgert, genauso wie es mich damals geärgert hat, dass auch Jesper darin vorkam. Eigentlich wollte ich von beiden nichts wissen. Dachte ich.«

»Aha«, sagt Marie nur.

»Darf ich dich etwas fragen, Marie?«

»Na sicher, alles.«

»Alma hat mir erzählt, dass du dich von deinem Mann hast scheiden lassen, als du noch sehr jung warst. Wie kam es, dass ihr euch nicht mehr verstanden habt?«

Marie lehnt sich zurück und guckt auf die Uhr. Dann lacht sie. »Wie viel Zeit hast du denn noch? Nun ja, ich erzähle dir die Kurzversion. Es waren viele einzelne Situationen, die mir immer deutlicher gezeigt haben, dass wir nicht füreinander bestimmt sind. Er hat nie so richtig zu mir gestanden, liebte seine Freiheit … und andere Frauen. Eines Tages, als unsere Tochter vier war, habe ich ihm gesagt, dass ich jemand anderen will und dass er sein Leben ohne uns leben soll.«

»Oh. Das tut mir leid.«

»Das muss es gar nicht. Ich habe durch ihn eine wundervolle Tochter gewonnen und einen klasse Enkel. Und ich habe wichtige Dinge gelernt. Zum Beispiel, auf mein Gefühl zu hören, von Anfang an. Mein Bauch hatte mir immer schon gesagt, dass irgendwas mit uns nicht stimmt. Und weißt du was? Einst, in einer Mittsommernacht, habe ich meinen Blumenstrauß unter mein Kissen gelegt und etwas ganz Ähnliches geträumt wie du. Es kamen zwei Männer in meinem Traum vor. Jespers Opa und mein lieber Gustav. Ich entschied mich damals für den Falschen.«

»Weißt du noch, warum?« Ich trinke einen Schluck warmen Tee.

»Ja, sehr gut sogar. Gustav war mir früher zu ruhig, zu unspektakulär. Heute weiß ich, dass er genau das ist, was ich brauche. Jemand, der mir Ruhe schenkt und fähig ist, mich auch mal auszubremsen, wenn mein Motor zu heiß läuft.«

»Wow. Das wäre die perfekte Geschichte für ein Buch!«

»Vielleicht schreib ich eines Tages noch eins.«

Tief in Gedanken versunken, trinken wir unseren Tee.

Wieder geht mir Jespers schneller Aufbruch durch den Kopf. Leise sage ich: »Ich hab doch endlich auch erkannt, dass Jesper toll ist, ich meine, so *richtig* toll. Warum will er denn jetzt auf einmal nichts mehr von mir wissen? Was hab ich denn falsch gemacht? Ist er doch wieder mit Emma zusammen?« Tränen laufen mir über die Wangen. Scheinbar will niemand lange an meiner Seite bleiben.

»Meine süße Tamy.« Marie hält mich fest im Arm, bis meine Tränen versiegen. »Weißt du, manchmal ist alles ganz anders, als es scheint.«

Auf dem Weg zur Schule schreibe ich Mia eine Notfall-SMS.

Hilfe! Was soll ich denn jetzt machen?

Na, ruf ihn an oder geh zu ihm und sag, was du denkst! Und frag ihn, was plötzlich los war.

Ja, das mache ich wahrscheinlich wirklich, sobald ich mich traue. Übrigens – sorry, Mia.

Wofür?

Na, weil ich doch Jesper eigentlich für dich ausgesucht hatte und mich nun selbst in ihn verguckt hab.

Ach, so ein Quatsch! Das war doch nur Spaß von mir. Ich hätte doch sowieso nicht nach Stockholm

kommen können. Außerdem erinnerst du dich hoffentlich, was ganz oben auf meiner Wunschliste stand, als du gefahren bist?

Dass ich wieder glücklich bin.

Genau, denn dann geht es mir auch gleich viel besser!

Ich vermisse dich echt, Mia.

Und ich dich erst. Was ist die Steigerung von öde? Wie auch immer, so ist es hier jedenfalls ohne dich. Deine Geschichten aus Stockholm halten mich über Wasser.

Du bist süß.

Du auch! Viel Glück und ganz viel Spaß weiterhin im Land der Mittsommernächte!

Auch wenn Mia mich etwas aufheitern konnte – den Rest des Tages kreist mein Gedankenkarussell wieder: Almas Überraschung; Marco, der aussieht wie Patrick; Jesper, der erst auf mich zugeht und dann wieder vor mir flüchtet. Ich will, dass es aufhört, denn ich hab keine Lust mehr, ständig durchgewirbelt zu werden.

22

MANCHMAL ist alles ganz anders, als es scheint. Um herauszufinden, ob Marie recht hat, mache ich mich nach dem Unterricht auf den Weg zu Jesper. Ich hab nichts mehr zu verlieren. Hoffentlich ist er schon von seinem Praktikum zurück.

Mutig klingele ich an der Tür und bin erleichtert, als der Summer betätigt wird. Doch was, wenn es Jespers Mutter war? Was sage ich dann? Atemlos laufe ich die vielen Stufen hoch. Auf der letzten Treppe verlangsame ich mein Tempo, als ich oben an der Tür Jesper stehen sehe. Von hier unten wirkt er riesig, und fast verlässt mich mein Mut. Doch seine hellblauen Augen strahlen wie zwei kleine Lichter im Flur, das gibt mir Hoffnung.

»Hej, Tamara … was machst du denn hier?« Jesper kann seine Überraschung nicht verbergen.

»Hej … passt es gerade? Ich würde gern mit dir reden.«

Er nickt. »Ja, komm rein.«

Auf dem Boden im Flur liegen seine Jacke und seine Tasche. »Sorry, ich bin gerade erst nach Hause gekommen.«

Ich folge ihm in sein Zimmer, das ich bei der Party gar nicht gesehen hatte. Klein ist es, aber gemütlich. Es erinnert mich ein bisschen an eine Segelkajüte. Jesper lässt sich aufs Sofa sinken, das wohl nachts zum Bett umgebaut wird. Er deutet auf den Platz neben sich. »Setz dich doch. Möchtest du etwas trinken?«

Ich setze mich neben ihn und fliege dabei ein Stück nach hinten. Offenbar habe ich eine Sprungfeder erwischt. Er lächelt. Als er jedoch sieht, dass mir nicht nach Lächeln zumute ist, wird sein Gesicht sofort ernst.

»Danke, ich will nichts trinken. Ich … ich würde gern wissen, was eigentlich los ist. Warum bist du neulich so plötzlich abgehauen? Und hast dich danach nicht mehr gemeldet? Ich meine, wir hatten doch wirklich einen schönen Tag zusammen … bis du plötzlich so überstürzt aufgebrochen bist.« Mein Herz beginnt zu rasen. Auf einmal habe ich Angst davor, was er gleich sagen wird. Dass er mich zwar nett findet, aber mehr nicht. Dass er wieder mit Emma zusammen ist und überglücklich.

Jesper atmet einmal tief durch, bevor er antwortet: »Es tut mir leid. Ich weiß, das war nicht okay von mir, und ich hab mich auch echt über mich selbst geärgert.«

»Aber warum?« Ich nehme meinen ganzen Mut zusammen. »Bist du wieder mit Emma zusammen? Oder hab ich irgendwas getan, was dich genervt hat?«

Er schüttelt den Kopf. »Nein – ganz im Gegenteil. Es hat absolut nichts mit dir zu tun. Ich bin das Problem.« Er starrt auf seine Hände und knetet seine Finger. »Es ist ja noch nicht so lange her, dass Emma mich verlassen hat. Auch wenn wir nie so richtig gut zusammengepasst haben, habe ich sehr an ihr gehangen. Nach außen haben wir wohl immer das perfekte Paar abgegeben, aber eigentlich haben wir uns ganz schön oft gestritten, weil wir sehr unterschiedliche Interessen hatten. Trotzdem hätte ich nicht gedacht, dass Emma sich so schnell in jemand anderen verlieben würde.«

Seine Geschichte kommt mir irgendwie bekannt vor.

»Als ich gemerkt habe, wie klasse ich dich finde, hatte ich ganz plötzlich Angst, wieder verletzt zu werden. Auch weil ich weiß, dass du bald zurückfliegst und so.«

Ich bin sprachlos. Noch nie habe ich einen Jungen derart offen über seine Gefühle sprechen hören. Und was er sagt, haut mich einfach um.

»Ich hatte mich so gefreut, als du zu meiner Party gekommen bist. Manchmal hat Marie wirklich geniale Einfälle. Leider ist dann alles schiefgelaufen, weil Emma wohl auch mitbekommen hat, dass ich dich mag. Und obwohl wir gar kein Paar mehr waren, hat sie auf einmal eine Riesenszene gemacht. Am nächsten Tag kam dann auch noch eine SMS von ihr.«

Ich schlucke. Zu früh gefreut. Jetzt kommt's.

»Sie schrieb, dass ihr erst jetzt klar geworden sei, wie sehr sie mich brauche, und dass es ein Riesenfehler gewesen sei, mit mir Schluss zu machen.«

Shit! Ich hab's doch gleich gewusst! »Siehst du das auch so?«, frage ich mit bebender Stimme.

»Nein. Aber sie hat mich trotzdem mit Anrufen und Nachrichten bombardiert, bis ich endlich die richtigen Worte gefunden habe, um sie zur Einsicht zu bringen.«

»Und was hast du ihr gesagt?«

»Dass ich mit dir – obwohl ich dich kaum kenne – ich selbst sein kann, was mit ihr nie möglich war.«

Wow! So etwas Schönes hat noch nie ein Junge zu mir gesagt. Ich rücke ganz dicht an Jesper heran, und weil ich nicht genau weiß, was ich antworten soll, küsse ich ihn einfach, ganz sanft. Erst wirkt er überrascht, doch dann erwidert er meinen Kuss und schließt mich in die Arme. Ich spüre sein Herz, das schnell und laut klopft. Vorsichtig lege ich ihm die Arme um den Hals. Er drückt mich noch ein bisschen fester an sich, und wir lassen uns nach hinten fallen. Ich spüre Jespers warmen Atem in meinem Gesicht, was meinen Bauch wieder eine Runde Achterbahn fahren lässt. So frei und glücklich habe ich mich schon lange nicht mehr gefühlt.

23

MARIE UND MIA sind völlig aus dem Häuschen, als sie die Neuigkeit erfahren. Von nun an verbringe ich jeden Tag mit Jesper.

Am Donnerstag gehe ich direkt nach der Schule in den Stadtpark, um mich dort mit ihm zu treffen. Ich erkenne Jesper schon von Weitem, und mein Herz macht einen Luftsprung. Auf dem schattigen Hauptweg kommt er auf mich zu, und ich fliege ihm entgegen. Er hebt mich hoch und schwingt mich herum. Dann gibt er mir einen zärtlichen Kuss.

»Die letzte Stunde war unerträglich. Ich konnte nur an dich denken!«, sagt er lächelnd.

Hand in Hand schlendern wir den Weg entlang. Überall auf der Wiese genießen die Menschen den Sommer. Sie haben Decken, Bücher, Frisbees, Picknickkörbe und Bälle dabei.

»An mich denken ist also unerträglich?« Ich knuffe ihm in die Seite.

»Haha, wohl eher an dich denken und dich nicht sehen können.«

Die Sonne malt schillernde Muster auf den breiten Weg. Jesper zieht mich mit sich. »Komm, ich will dir was zeigen.«

»Na, da bin ich aber gespannt. Ich kenne doch schon alles hier!«

»Glaubst du …«

Wir folgen einem kleinen Pfad, der vom Hauptweg abzweigt. Hinter einer Biegung sitzen ein paar Jugendliche auf der Wiese.

»Hej Då!«, ruft Jesper der Gruppe Jungs zu. Zwei von ihnen erkenne ich wieder – sie waren auch auf Jespers Party, die anderen drei habe ich noch nie gesehen.

»Das ist Tamy, ich habe euch ja schon von ihr erzählt.«

»Ja, das hast du«, entgegnet ein rothaariger Junge, gespielt genervt, auf Englisch. »Sekündlich sozusagen.« Er wendet sich mir zu. »Ich bin Nils.«

Auch die anderen, Daniel, Bo, Gunnar und Mats, stellen sich mir vor. Jetzt fällt mir eine Leine auf, die zwischen zwei Bäumen gespannt ist.

»Und? Schon mal irgendwann Slacklining ausprobiert?«, fragt Nils mich.

»Nee, noch nie. Ich weiß auch nicht, ob ich das hinkriege. Macht ihr doch erst mal vor!« Ich grinse Nils herausfordernd an.

Der springt vom Boden aus auf die Slackline, wackelt hin und her, fängt sich aber gekonnt. Er macht einen Sprung, landet problemlos wieder auf dem Seil und hüpft dann elegant auf den Boden. »Na komm, jetzt bist du dran!«

Jesper hilft mir auf die Slackline. Ich halte mich an seiner Schulter fest. Nie hätte ich gedacht, dass das so in die Beine geht! Ich spüre sofort meine Oberschenkelmuskeln. »Jetzt probiere ich es mal ohne Stütze«, verkünde ich übermütig.

Vorsichtig lässt Jesper mich los und läuft neben mir her. Das ist auch gut so, denn nach nur zwei Schritten gerate ich ins Taumeln, und das Seil wackelt immer stärker hin und her. Als ich falle, fängt Jesper mich auf und küsst mich, einfach so, vor seinen Freunden. Das hätte Patrick nie gemacht.

Wir verbringen den ganzen Tag mit seiner Clique, und ich wage mich immer wieder auf die Slackline, bis mir die Beine brennen. Staunend beobachte ich, wie lässig Jesper auf dem Seil balanciert. Bei ihm wackelt es kaum. Er ist wirklich die Ruhe in Person – egal in welcher Lebenslage.

Auf dem Rückweg zu Marie kommen wir an einer Bäckerei vorbei. Jesper bleibt stehen. »Ich weiß, Marie verwöhnt dich jeden Tag mit Zimtschnecken, aber die Kanelbullar hier sind mit Abstand die besten in ganz Stockholm. Die musst du probieren!« Jesper besorgt zwei riesengroße Zimtschnecken, und wir setzen uns vor der Bäckerei in die Sonne.

»Und? Hab ich recht?«

»Ich hätte nicht gedacht, dass es noch bessere Zimtschnecken als die von Maries Bäckerei gibt, aber die sind einfach … hm … der Hammer!«

Jesper beißt in seine Zimtschnecke und lächelt mich an.

Ich muss auch lachen, denn er hat auf einmal einen Bart aus Hagelzucker und Zimt. »Lass mich mal kosten, du siehst ja selbst aus wie eine Kanelbulle.« Ich küsse ihn. »Hm, lecker, einfach nicht zu toppen.«

Plötzlich kommt mir ein Bild in den Kopf, das ich am liebsten sofort wieder verscheuchen möchte.

»Was ist los? Du guckst ja plötzlich so traurig.«

Vor Jesper kann ich nichts verbergen.

»Ich musste nur gerade daran denken, wie schade es ist, dass wir uns nicht eher gefunden haben. Und wie es wohl mit uns sein wird, wenn ich wieder zu Hause bin.«

Eine lange Pause entsteht. Schließlich sagt Jesper: »Vorher müssen wir unbedingt noch den Wikingerhelm für deine Freundin Mia besorgen.«

Schluck. Er ist mit keinem Wort auf meine Gedanken eingegangen. Lenkt er nur ab, oder will er dazu nichts sagen, weil es für ihn klar ist, dass es dann kein WIR mehr geben wird?

»Am besten gehen wir auf dem Heimweg noch am Kaufhaus Ahléns City vorbei«, fährt er fort.

»Gute Idee«, murmele ich.

Jesper legt mir seinen Arm um die Schulter und zieht mich an sich, aber irgendwie kann ich es gerade nicht so gut erwidern.

Im Kaufhaus finden wir nicht nur einen Wikingerhelm für Mia, sondern auch noch einen Bildband über Stockholm für Alma, einen blau-gelben Schal für Mama und ein Elch-Schild für Papa, das er sich zu seinen anderen Schildern in die Garage hängen kann.

Ich muss an den Tag vor meiner Abreise denken, als Mia mir beim Packen geholfen hat. Es scheint schon eine Ewigkeit her zu sein. Auf einer Reise vergeht die Zeit in einem ganz anderen Tempo als sonst. Und seit ich mit Jesper zusammen bin, rasen die Stunden nur so dahin. Wenn die Zeit eine Sanduhr wäre, würde ich sie gerne für eine Weile auf die Seite legen und anhalten. In der Hoffnung, dass alles so schön bleibt, wie es ist, wenn die Zeit weiterläuft.

Doch trotz der vielen schönen Erlebnisse habe ich nachts, je näher mein Abschied rückt, immer wieder denselben Albtraum: Ich sehe Jesper, der mir am Flughafen zuwinkt, sich dann umdreht und auf Emma zuläuft, als hätte es uns nie gegeben.

24

IN DER LETZTEN SCHULWOCHE gibt Tilda uns noch eine freiwillige Hausarbeit auf, die »Mein größter Traum« heißt. Obwohl ich ungefähr jedes dritte Wort nachschlagen muss, will ich unbedingt etwas darüber schreiben.

Als Tilda uns die Aufsätze zurückgibt, nimmt sie meine Hände und drückt sie. »Tamara, ich wünsche dir, dass deine Träume in Erfüllung gehen. Einer ist schon wahr geworden. Dein Schwedisch ist bemerkenswert gut, obwohl du es erst seit fünf Wochen lernst.« Sie schenkt mir ein Lächeln, und ich schätze mich glücklich, dass ich gerade sie als Lehrerin bekommen habe.

Der letzte Schultag vergeht so schnell, dass ich es kaum mitbekomme. Leider bin ich sehr müde, weil ich wieder mehrmals in der Nacht hochgeschreckt bin. Holly überreicht unserer kleinen, zarten Tilda einen Strauß bunter Blumen, der fast so groß ist wie sie. Auf die Karte hat Ava in riesiger, sprayermäßiger Schrift *Tack!*, also »Danke«, geschrieben, und dann haben wir alle unterschrieben. Jeder hat noch eine Kleinigkeit dazugemalt, ich die Achterbahn vom Tivoli. Tilda nimmt uns nacheinander in den Arm. Sie ist so gerührt, dass ihr eine Träne über die gerötete Wange kullert. »Es ist einfach traurig – immer, wenn man sich gerade aneinander gewöhnt hat, muss man schon wieder Lebewohl sagen.«

Am liebsten würde ich Tilda mitnehmen und gegen unseren übellaunigen Englischlehrer Herrn Meyerdierks eintauschen.

Die anderen reisen bereits morgen ab. Ich bin sehr erleichtert, dass mir noch ein Tag länger in Schweden bleibt.

Für unseren letzten gemeinsamen Abend hat Ava uns einen Tisch in der Icebar des Icehotels reserviert, wo das ganze Jahr über minus fünf Grad herrschen. Darum darf man dort auch nur 40 Minuten bleiben, was mir Frostbeule schon lang erscheint. Ich habe gleich mehrere Schichten übereinandergezogen, damit ich mich, wenn wir später noch woandershin gehen, nicht wie ein schwitzender Eskimo fühle.

Als Jesper und ich an der Icebar ankommen, warten Holly, ihr Freund Neo von der Schulparty, Ava, Marco und Barbie schon vor der Tür. Wir müssen uns noch kurz gedulden, bis die Gruppe vor uns wieder rausgeschleust wird. Marco lässt Jesper und mich nicht aus den Augen.

An der Garderobe reicht man uns ein Paar Handschuhe und ein gefüttertes Cape mit einer dicken Kapuze. Als wir die frostige Welt betreten, fühle ich mich wie ein Polarforscher. In der Bar ist alles aus Eis: der Tresen, die Tische, die Stühle. Es gibt sogar Skulpturen aus Eis. Die dick eingemummelten Barkeeper mixen uns einen alkoholfreien Früchtecocktail. Erst als ich meinen Drink in der Hand halte, sehe ich, dass mein »Glas« ebenfalls aus Eis ist. Wir stoßen an und beobachten unseren Atem, der wie Nebel durch die eiskalte Luft wabert. Ich schmiege mich an Jesper, hebe meinen Cocktail vom blau angestrahlten Eistresen und proste ihm zu. Dann küsse ich ihn, in der Hoffnung, dass unsere Lippen nicht aneinander festfrieren.

Marco hat Barbie – ich weiß noch immer nicht, wie sie richtig heißt – mit unter seinen Mantel genommen, flirtet aber schon wieder mit einem hübschen Mädel an der Bar, wann immer Barbie in die andere Richtung schaut. Zum ersten Mal muss ich über ihn schmunzeln und vergebe auch mir meine Blindheit.

Nach der Icebar beschließen Ava und Holly direkt zu ihrem Appartement zu gehen, um noch zu packen und dem Vermieter zu beichten, dass im Badezimmer der Spiegel von der Wand gefallen ist. Ihr Flug geht morgen in aller Frühe. Und so verabschieden wir uns mitten auf der Straße voneinander. Ist es wirklich möglich, dass schon sechs Wochen vergangen sind? Ich frage mich, ob ich die beiden irgendwann wiedersehen werde.

Nachdem Marco sich von den anderen verabschiedet hat, stolpert er etwas unbeholfen zu mir rüber. Jesper unterhält sich gerade mit Neo, Barbie steht etwas verloren neben Ava und Holly. Marco erzählt mir stolz, dass er sich auf seine *famiglia* freue, und legt mir seine Hände auf die Schultern. Er dreht sein Gesicht zur Seite, um mir ein Küsschen auf die Wange zu geben, doch dann reißt er blitzschnell den Kopf herum und küsst mich auf den Mund. Er grinst, haucht »Ciao, mi amore« und eilt zurück zu Barbie. Ich will mich gerade aufregen, kann dann aber nicht anders, als lachend den Kopf zu schütteln.

Jesper und ich ziehen noch weiter. »Was war denn das eben mit diesem Marco? Hab ich was verpasst?«

Zum Glück scheint er kein bisschen sauer zu sein. Ich konnte ja auch eindeutig nichts dafür.

»Nein, hast du nicht. Der Typ ist ein Aufreißer erster Güte. Leider hab ich etwas gebraucht, um das zu kapieren. Ein Mal hab ich mich von ihm zum Essen einladen lassen. Der Abend war ein Desaster.«

»Na, dann ist ja gut.« Er legt seinen Arm um mich. »Ich würde dich auch gerne zum Essen einladen, ohne Desaster, dafür mit traumhaftem Ausblick – und zwar in die Bar *Och Himlen Därtill*. Das heißt so viel wie *Und den Himmel dazu*, und das ist mein Motto, seit ich dich kenne.« Ich hauche ihm verlegen einen Kuss auf den Hals.

Das Restaurant befindet sich in der 25. Etage eines Wolkenkratzers in Södermalm. Ein Blick auf die Karte verschlägt mir die Sprache. Meine Güte, ist das teuer hier!

Dafür ist die Aussicht wirklich unbezahlbar. Wir ergattern einen Tisch direkt am Fenster, genießen eine Snackplatte, aber vor allem den traumhaften Sonnenuntergang. Als Jesper mich küsst, schwebe ich buchstäblich auf Wolke sieben.

»Es ist so schön mit dir, Tamara«, flüstert er, und ich bin ganz sprachlos vor lauter Glück. Jesper streichelt mir über den Rücken, und ich lehne meinen Kopf an seine Schulter.

Gebannt blicke ich auf den roten Himmel und das Glitzermeer aus Lichtern unter uns. Dieser Moment ist einfach nur perfekt, und ich wünschte mir, er würde ewig dauern.

Es ist schon nach Mitternacht, als Jesper mich wieder zu Marie nach Hause bringt. »Ich muss noch etwas vorbereiten.« Er grinst geheimnisvoll. »Bis morgen. Dann übernachte ich bei euch.«

»Ich freue mich schon darauf«, sage ich und werde ein bisschen rot dabei. »Gute Nacht.«

»Schlaf schön!« Zum Abschied gibt er mir einen langen Kuss und nimmt mich ganz fest in den Arm.

Ich gucke Jesper noch so lange hinterher, bis er nicht mehr zu sehen ist, dann gehe ich hoch zu Marie. Als ich mich ins Bett lege, fühlt sich meine Haut noch immer kuschelwarm an von Jespers sanften Berührungen.

25

SCHWEREN HERZENS nehme ich die U-Bahn in die Altstadt und setze mich ins Café Stortorget. Dort, wo alles begann, schreibe ich in mein Tagebuch. Die Sonne scheint auf die weißen Seiten, die sich langsam mit Wörtern füllen, während ich die letzten Wochen auf dem Papier an mir vorüberziehen lasse. Ich mag gar nicht daran denken, dass heute schon mein letzter Tag in Stockholm ist.

Nachmittags bin ich mit Jesper an den Klippen von Södermalm verabredet. Die vorbeifahrenden Boote ziehen auf dem leicht welligen Wasser Schaumkronen hinter sich her. Jesper sitzt auf einer Decke. Als er mich sieht, springt er auf und winkt mir zu. Zur Begrüßung streicht er mir über die Wange und schenkt mir einen seiner »Du-bist-einzigartig«-Blicke. Jesper zaubert ein komplettes Picknick aus seinem Rucksack: Sandwiches, Beeren, eine Miniflasche Perlwein, Mineralwasser und natürlich Zimtschnecken.

Er nimmt meine Hand. »Was hast du heute gemacht?«

»Ich bin durch die Altstadt gebummelt und hab Tagebuch geschrieben. Da musste ich ein paarmal schmunzeln. Zum Beispiel über unsere erste Begegnung. Erinnerst du dich noch?«

»Klar!« Er grinst. »Du bist herumgehüpft wie ein kleiner Frosch. Irgendwie hab ich damals schon geahnt, dass du eine verzauberte Prinzessin bist.«

Lächelnd lehne ich mich an ihn. »Warum hast du eigentlich am Anfang so wenig gesagt? Und warum hast du gelacht, auch wenn ich nicht gerade nett zu dir war?«

»Na ja, ich bin eben ein ruhiger Typ. Ich spreche mit kaum jemandem so viel wie mit dir. Und ich musste grinsen, weil du immer aussahst, als würdest du mich mit deinen Blicken töten wollen – obwohl du doch Tamara heißt.«

»Wieso? Das verstehe ich nicht.«

»Na ja, der Name passt eigentlich gar nicht zu dir. *Tam* bedeutet auf Schwedisch ›zahm‹. Und wenn du dich an unsere ersten Begegnungen erinnerst – da warst du alles andere als zahm. Und das ist auch gut so. Du bist perfekt, so wie du bist.«

Ich gehe so dicht an Jespers Gesicht heran, dass

meine Lippen fast seine berühren. »Danke, du auch.« Ich küsse ihn. Könnten wir doch immer hier im Sonnenschein sitzen und uns so nah sein!

Als mir klar wird, dass wir uns bald voneinander trennen müssen, fühlt sich das an wie ein Schlag in die Magengrube. Ob ich Jesper noch einmal darauf anspreche, wie es mit uns weitergehen soll? Natürlich kann man das nicht wissen, aber ich frage mich immer noch, ob er es überhaupt versuchen will. Leider traue ich mich nicht, und ich will auch nicht den schönen Nachmittag kaputt machen. Als wir aufbrechen, ärgere ich mich über mich selbst.

Zurück in Maries Wohnung, stolpere ich als Erstes über ein Kabel, das quer durchs Zimmer gespannt ist. Jesper kann mich gerade noch auffangen.

»Hallo, ihr beiden! Tamy, entschuldige! Der steht wirklich ungünstig hier!« Marie macht sich an einem Projektor zu schaffen, den sie mitten im Raum auf einem Rollwagen aufgebaut hat.

Gustav klettert auf eine Leiter und hängt eine Leinwand auf. »Hej, Tamara, Lust auf einen Kinoabend?«

Lächelnd stellt Marie eine Schale Popcorn und eine Karaffe mit frischer Limonade auf dem Couchtisch ab. Sie nimmt mich am Arm und führt mich zu ihrem Sessel. »Setz dich! Ich habe mir überlegt, dich heute einmal in die Vergangenheit zu entführen, damit du nicht immer nur an morgen denkst.«

Gustav steigt zufrieden von der Leiter und klappt sie zusammen.

»Ich kann es kaum erwarten«, sagt er verschmitzt.

Jesper kuschelt sich zu mir in den Sessel. Ich habe wirklich ein zweites Zuhause gefunden. Gustav und Marie setzen sich neben uns auf die Couch, Marie hat eine Fernbedienung in der Hand.

»So, Tamy, bevor die Beamer erfunden wurden, gab es Diaprojektoren. Ich würde meinen niemals hergeben, denn allein das Klickgeräusch, wenn ein neues Bild nach vorne geschoben wird, macht mir gute Laune. Also, bereit für eine kleine Zeitreise?«

»Ja!«, rufe ich, und Gustav stimmt mit ein. »Film ab.«

Die einzelnen Bilder erzählen eine Geschichte, und zwar die einer Freundschaft. Auf den Dias sieht man Marie als junges Hippiemädchen, daneben meine süße, schöne Alma, und auch Gustav gesellt sich auf einigen Bildern dazu.

»Das war, als Alma mich mal in Schweden besucht hat. Da war ich schon verlobt, aber mein Gustav hier hat trotzdem nicht lockergelassen.« Grinsend schüttelt er den Kopf und knufft Marie in die Seite.

Eins der nächsten Dias zeigt Alma und Marie, aus vollem Halse lachend vor einem halb zusammengefallenen Zelt.

»Einmal haben Alma und ich in den Wäldern Lapplands gezeltet, aber leider die Heringe vergessen. Ich glaube, da haben uns selbst die Elche ausgelacht.«

Maries Geschichten lassen uns die Zeit vergessen. Als wir alle Bilder gesehen haben und die Riesenschüssel Popcorn leer ist, bereitet Marie das Abendessen vor. Es gibt Hering mit Kartoffeln, wie ich es mir gewünscht habe. Ich esse mindestens anderthalb Tellerladungen mehr als sonst. Wir essen und reden, bis Gustav um Mitternacht zu gähnen beginnt.

Marie seufzt. »Also dann, Tamy, schlaf schön in deiner letzten Nacht in Schweden. Morgen früh wird Karl uns alle zum Flughafen bringen.« Sie geht auf mich zu und drückt mich ganz fest an sich, so wie bei meiner Ankunft vor sechs Wochen am Flughafen.

Mir bleibt die Luft weg. Als sie mich wieder loslässt, habe ich den Eindruck, dass sie eigentlich noch etwas sagen will, doch sie folgt Gustav wortlos in den Flur. In meinem Hals hat sich ein Kloß gebildet, den ich nicht runterschlucken kann.

Jesper, der eine kleine Tüte geholt hat, legt mir eine Hand auf die Schulter. »Hast du eigentlich schon alles eingepackt, oder kann ich dir noch irgendwie helfen?«

Ich führe ihn in mein Zimmer, wo noch ziemliches Chaos herrscht. Überall liegen Klamotten herum, Tüten mit Souvenirs, Bücher und Schuhe.

»Ein bisschen Hilfe beim Packen wäre gar nicht schlecht«, sage ich lächelnd. Wir setzen uns auf den Boden.

»Hab ich es mir doch gedacht«, erwidert Jesper schmunzelnd. »Hoffentlich hast du dafür noch Platz im Koffer.« Er überreicht mir ein kleines Päckchen. Auf dem Geschenkpapier prangt ein Aufkleber der Buchbinderei, die wir in Fjäderholmarna entdeckt hatten.

»Soll ich es jetzt öffnen?«

»Ja.«

Gespannt reiße ich das Papier auf und halte das hübsche hellblaue Tagebuch in der Hand, das mir so gut gefallen hatte. Ich will es schon zur Seite legen und Jesper umarmen, doch er gibt mir ein Zeichen, erst mal hineinzusehen. Die Seiten sind nicht mehr weiß, sondern bunt. Jesper hat unsere Geschichte als Comic gezeichnet! Außerdem hat er unsere U-Bahn- und Fährentickets sowie die Eintrittskarten für das Tivoli eingeklebt. Meine Hände zittern ein bisschen. Am besten gefallen mir die Zeichnungen von uns auf der Fähre. Und die, die zeigen, wie wir uns umarmen. Das letzte Drittel des Buches ist noch frei.

»Jesper, das ist … Du bist ja ein Künstler! Danke, so etwas Schönes habe ich noch nie …« Doch weiter komme ich nicht. Jesper ist zu mir rübergekrabbelt und küsst mich innig.

»Auf den leeren Seiten können wir das festhalten, was wir noch zusammen erleben werden.« Er schluckt. »Tamy, ich weiß, ich bin dir bisher immer ausgewichen, wenn es um unsere Zukunft ging. Ich wollte das Thema einfach von mir wegschieben, weil mich allein der Gedanke an deine Abreise schon traurig gemacht hat. Aber so weit liegen Schweden und Deutschland ja nun auch nicht auseinander!«

Mein Herz kreischt vor Glück. Wir liegen die ganze Nacht lang eng aneinandergekuschelt in meinem Bett. Als sich unsere nackten Füße berühren, bekomme ich einen kleinen Stromschlag, jedenfalls fühlt es sich so an. Wie oft habe ich mir vorgestellt, wie es wohl sein würde, neben einem Jungen einzuschlafen, und jetzt ist es noch viel schöner als in meiner Phantasie. Abgesehen davon, dass ich Stunde um Stunde vor lauter Aufregung nicht einschlafen kann. Doch in Jespers Armen fühle ich mich so geborgen, dass ich keine Sekunde davon missen will. Eigentlich will ich überhaupt nicht mehr aufstehen, schon gar nicht, um nach Hause zu fliegen.

Aber Marie ist unerbittlich. Um sieben steht sie singend vor der Zimmertür.

Jesper stülpt sich ein Kissen über den Kopf. »*Zum Tanze, da geht ein Mädel?* Oh Mann, Marie stand schon immer auf Volkslieder. Das ist ja grausam«, flüstert er mir zu.

»Ich weiß! Solche Weckaktionen musste ich sechs Wochen lang ertragen«, sage ich lachend.

Nun ist Gustavs Stimme auf dem Flur zu hören. »Marie, lass doch gut sein. Ich glaube, die jungen Leute sind wach. Wer würde bei dem Lärm nicht aufwachen? Gib ihnen noch etwas Zeit.«

Die brauchen wir tatsächlich, denn zum Packen sind wir gestern nicht mehr gekommen. Doch bevor wir aufstehen, umarmen wir uns noch einmal ganz fest. Ich genieße die friedliche Stille. Unser Atem ist das einzige Geräusch, das ich höre, neben dem gelegentlichen Quietschen des Betts natürlich, und unserem Herzschlag. Es ist, als würden unsere Herzen einen Wettkampf austragen, welches schneller klopfen kann.

Eins meiner T-Shirts lege ich in den Kleiderschrank des Gästezimmers. Das hat Marie mir empfohlen, als Symbol dafür, dass ich hier immer einen Platz habe. Und sie hat recht – es fühlt sich wirklich gut an.

26

DAS LETZTE ZIMTSCHNECKENFRÜHSTÜCK findet im Esszimmer statt, und Marie hat sogar an Mia gedacht. »Die Kanelbulle in der Extratüte ist für deine Freundin in Deutschland. Und wenn sie ihr schmeckt, soll sie nächstes Mal einfach mitkommen.«

»Marie, ich hab noch etwas für dich. Und für dich auch, Jesper!« Ich überreiche Marie eine Papierrolle mit einer orangen und Jesper eine mit einer blauen Schleife.

Überrascht rollt Marie das Blatt auseinander und liest laut vor: »Mein größter Traum, Teil eins. Ich wünsche mir, dass Marie immer so fit bleibt, so lustig, so gesund, so glücklich wie heute. Dass sie und Gustav steinalt werden und ihnen nie die guten Ideen ausgehen. Ich wünsche mir, dass Alma zu Marie reisen kann und die beiden eine tolle Zeit zusammen erleben. Eine so tolle Zeit, wie ich sie mit Marie hatte.«

Beim letzten Satz ist ihre Stimme etwas rau geworden. »Tamy, ich weiß gar nicht, was ich sagen soll … Ich bin wirklich gerührt. Und dein Schwedisch … Wow!« Sie räuspert sich. »Ich hole eben noch meine Handtasche.« Marie verschwindet im Flur, und ich höre, wie sie sich die Nase schnäuzt.

Jesper liest seinen Teil leise für sich, danach sieht er zu mir rüber. In seinem Blick liegt so viel Liebe, Dankbarkeit und Glück.

»Ich wünsche mir auch, dass das mit uns immer weitergeht und dass wir uns möglichst oft sehen können. Und es ist supersüß, dass du dir wünschst, dass ich immer etwas zum Lachen habe.« Er drückt mich an sich. Marie kommt ins Wohnzimmer gestiefelt. Im wahrsten Sinne des Wortes. Sie trägt orangegrüne Stiefeletten, die auch Pippi Langstrumpf gefallen hätten. »So, nun aber los! Karl wartet nicht gerne!«

Gustav schleppt meinen schweren Koffer die Treppen runter, Jesper meine Tasche, die eigentlich als Handgepäck durchgehen soll, leider aber laut Maries Waage über fünfzehn Kilo wiegt.

Unser Abschied am Flughafen kommt mir ganz irreal vor, wie im Film. Die Sanduhr lässt die Körner im Zeitraffer durchlaufen. Und bevor es mir richtig bewusst wird, habe ich meine liebsten Schweden umarmt und Jesper innig geküsst. An der Sicherheitskontrolle schaue ich noch mal zurück zu den dreien. Marie winkt wie wild, Gustav hebt ruhig den Arm. Jesper ist blass und wirft mir einen Luftkuss zu. Erst als ich sie nicht mehr sehen und auch nicht mehr zurückkann, laufen mir die Tränen in Sturzbächen über die Wangen. Auf dem Weg zum Gate werden meine Beine immer schwerer, und das nicht weil die volle Tasche an meiner Schulter zerrt.

27

»**ALMA, WIRKLICH**, schone deine Stimme!«, mahnt Marie.

Wir sitzen in Almas Küche vor meinem Laptop, im Skypefenster sind Jesper, Marie und Gustav zu sehen, die nebeneinander auf der Couch hocken.

»Das ist also Jesper, guten Tag!« Alma berührt mit ihrer Nase fast den Bildschirm. »Ich habe sehr viel von dir gehört!«

Er wird ein bisschen rot, und in meinem Bauch scheint augenblicklich die Sonne. »Also, so lang dauert es ja gar nicht mehr, bis ihr euch wiederseht!«

»Genau, Alma, und bis dahin könnt ihr alles vorbereiten. Die Airlines sind wirklich hilfsbereit. Ein Rollstuhl ist gar kein Problem!«, sagt Marie.

»Ich bin so aufgeregt!« Almas Stimme überschlägt sich.

Und ich erst. Mama konnte nur einen Teil ihrer Versprechungen halten. Ihre Reportage über die Sinai-Wüste ist noch längst nicht fertig. Doch für die Herbstferien durfte ich mir ein Ziel aussuchen, wie sie es mir versprochen hatte.

Jesper und ich skypen jeden Abend, chatten, wann immer möglich, und schreiben uns mehrmals am Tag SMS. Letzte Woche kam ein »Gegen-das-Vermissen-Carepaket« bei uns an. Jesper hat Fotos von sich beigelegt, ein Bild von einem besonders gewagten Sprung auf der Slackline (allerdings war alles verwackelt, und man erkannte eigentlich nicht viel) und von seinem letzten Segelwettkampf, außerdem ein paar Schnappschüsse von Marie und Gustav. Und er hat mir eine Zimtschnecke von unserem Lieblingsbäcker eingepackt. Auf einem kleinen Zettel stand: »Taminchen, die ist für dich. Bald kannst du wieder jeden Tag eine essen.« Ja, ich habe jemanden gefunden, der mich auch Taminchen nennen darf. Weil es so süß klingt, wenn er es tut.

In den Weihnachtsferien will Jesper zu uns kommen. Mia kann es kaum erwarten, ihn endlich kennenzulernen. Aber davor fahre ich erst mal zu ihm.

Nur noch zweieinhalb Monate, dann fliege ich wieder in die Stadt der tausend Inseln. Diesmal mit Alma an meiner Seite.

Und einer Riesenportion Vorfreude im Gepäck.

Ein paar
Monate
später …

Lieber Jesper,

ich bin erst einen Tag wieder zu Hause, aber vermiss dich schon so sehr, dass ich nicht weiß, wie ich es aushalten soll. Es hilft mir, dass ich nun unser Buch gestalten kann. Zwar kann ich nicht so gut zeichnen wie du, aber dafür werde ich umso mehr schreiben.

Ach, warum vergeht alles, was schön ist, immer so schnell? Das ist doch echt gemein! Unsere zwei Wochen Herbstferien kamen mir vor wie zwei Tage. Beim Abschied bist du mir noch mal hinterhergekommen und hast mich zärtlich auf den Hals geküsst. Genau an der Stelle kribbelt es immer noch. Ich weiß, ich wiederhole mich, aber ohne dich fühlt sich alles so anders an, so leer. Die Zeit, bis du in den Weihnachtsferien zu uns kommst, wird hart. Deshalb hat Mia ein Rettungs- und Ablenkungsprogramm für mich zusammengestellt. Sie hat mich zum Beispiel zu einer Slackline-Competition angemeldet (verrückt, oder?), und da heißt es trainieren. Ich kann es kaum erwarten, dass ihr euch endlich mal kennenlernt. Mia ist einfach die beste Freundin, die man sich vorstellen kann.

In unserem Buch will ich mir noch mal unsere gemeinsamen Herbsttage in Erinnerung rufen. Und während ich schreibe, ist es so, als würde ich alles noch mal erleben.

SONNTAG, 02.10.

Wiedersehen

Wochenlang nur Telefonate, Skype-Dates, Briefe ... und dann stehst du am Flughafen plötzlich vor mir. Das war im ersten Moment so, als wäre ich in einem sehr romantischen Liebesfilm gelandet. Es hat ganz schön gedauert, bis ich wirklich begriffen habe, dass der tolle Typ mit der Rose du bist! Unser Kuss hätte von mir aus ewig dauern können.

Total süß war auch, wie Alma und Marie sich gefreut haben, sich nach so langer Zeit wieder in die Arme schließen zu können. Ich hatte mir schon gedacht, dass Alma nicht nur ein Tränchen vergießen würde – sie war schon zu Hause beim Angucken der Urlaubsbilder ganz gerührt gewesen.

Ich genieße es in vollen Zügen, mit euch im Café zu sitzen, im Café Stortorget natürlich, dort, wo alles begann. Aber der schönste Augenblick war, als wir endlich ganz für uns allein in meinem alten Zimmer bei Marie waren. Wie gerne würde ich jeden Abend an dich gekuschelt einschlafen! Es war so toll, wie wir noch eine Ewigkeit gelacht, geredet und uns geküsst haben.

Niemand riecht so süß nach Vanille wie du, davon kann ich gar nicht genug bekommen.

MONTAG, 03.10.

Kuscheliger Start in die Woche

Mehr brauche ich nicht zu meinem Glück – aufwachen und dich sofort an meiner Seite spüren. Sogar Marie hat uns mit ihren Weckaktionen in Ruhe gelassen.
Wir frühstücken alle in der Küche, und Alma verputzt sogar drei Zimtschnecken, »weil sie die so lange vermisst hat«. Da es heute kühl und grau ist, bleiben wir einfach den ganzen Tag auf dem Sofa, entspannen, reden, spielen, essen und genießen einfach uns und das Leben.
Am Abend kommt Gustav vorbei, und Marie wirft noch mal die Dias an die Wand, die sie uns schon im Sommer gezeigt hat. Inzwischen sind noch ein paar Fotos von dir und mir dazugekommen. Alma ist die ganze Zeit sehr gerührt, nur als das Foto von ihr und Marie vor dem zusammengestürzten Zelt auftaucht, fällt sie vor Lachen fast vom Stuhl.

Hier eine kleine Liste von Dingen, die ich ganz besonders an dir liebe, die Top Drei sozusagen:

- **Dass die Art, wie du lächelst, mir immer gute Laune macht.**
- **Dass du genauso gerne kuschelst wie ich.**
- **Dass du so gut zuhören kannst.**

DIENSTAG, 04.10.

Safari

Marie hat wieder so ein Blitzen in den Augen. Sie sagt, sie hätte uns zu einem Abenteuer angemeldet. Zum Glück haben wir die erste Hälfte des Tages »zur freien Verfügung«, was wir natürlich zum Ausschlafen, ausgiebig Frühstücken und Chillen nutzen. Am Nachmittag erscheint Marie im Wohnzimmer und sieht aus wie ein Survival Coach, mit ihren dicken Boots, der Hose in Tarnfarben und einer Bluse mit Elchen drauf. Du schmunzelst mit Alma um die Wette – ich bin weniger zurückhaltend und bekomme einen kleinen Lachanfall. Marie ignoriert uns und drängt wie gewohnt zum Aufbruch. Um halb fünf werden wir von einem Van mit Tourguide abgeholt, der uns in die Wildnis vor den Toren der Stadt entführt. Wir küssen uns jedes Mal, wenn wir einen Elch sichten, und das ist ganz schön oft. Während Gustav Witze über Norweger erzählt, was unseren Fahrer zu einem sonoren Lachen anregt, kreuzen auch Wildschweine, Hasen und Rehe unseren Weg. Die Natur in Schweden ist echt traumhaft.

Doch noch viel traumhafter bist du.

MITTWOCH, 05.10.

Zimtschnecken

Eigentlich war es Almas Idee, aber auch ich bin ganz scharf auf Maries Zimtschneckenrezept. Wir backen so viele Zimtschnecken, bis die Küche aussieht, als hätte bei uns ein Tornado gewütet. Du darfst die ersten kosten, und wie immer bleibt ein bisschen Zucker an deiner Oberlippe hängen. Ich bin sofort zur Stelle – so ein Zimtschneckenkuss ist einfach 'ne Wucht. ;-)
Und hier das Rezept, angeblich geheim und von Maries Urgroßmutter überliefert.
Für ungefähr 20 Zimtschnecken braucht man:

Einen halben Liter Milch, 50 g Frischhefe, 1 Teelöffel Salz, 150 g Zucker, 150 g Butter oder Margarine, 1 Esslöffel Kardamom, 1000 g Mehl sowie für die Füllung 100 g Zucker, zwei Teelöffel Zimt und 75 g (bei Marie waren es, glaube ich, eher 100 Gramm) Margarine. Zum Bestreichen nimmt man ein Ei und zum Verzieren natürlich Hagelzucker!

Die Margarine wird geschmolzen, dann kommt Milch dazu, bis sie auch lauwarm ist, sodass man die Hefe darin auflösen kann. Zucker, Salz, Kardamom und das Mehl

rührt man danach hinein. Jetzt heißt es: Teig liebevoll kneten, damit er geschmeidig wird. Der Teig muss unter einem Handtuch mindestens eine halbe Stunde aufgehen, bevor er auf einer mehligen Arbeitsfläche noch mal durchgeknetet wird. Wir teilen ihn in drei Teile und rollen den Teig dünn aus. Danach bestreichen wir ihn mit flüssiger Margarine. Am meisten Spaß macht es, Zucker und Zimt zu mischen und den Teig damit dick zu bestreuen. Anschließend rollen wir das Ganze noch zu einer langen Wurst, die wir in ca. fünf Zentimeter breite Stücke schneiden.
Die Stücke legt Marie mit der geschnittenen Seite nach unten auf ein Backblech, damit der Teig noch mal aufgehen kann. »Dieser Schritt wird manchmal vergessen, und dann wird das Ganze nichts«, sagt Marie.
Wir bepinseln die Kanelbullar abwechselnd mit geschlagenem Ei und Zucker. In Maries schon vorgeheiztem Powerofen sind die Zimtschnecken auf der mittleren Stufe bei 250 bis 275 Grad schon nach etwa sieben Minuten fertig. Während sie noch unter einem Handtuch abkühlen, genießen wir den Geruch, der sich für mich mittlerweile sofort mit Stockholm verbindet. Wenn ich irgendwo Zimt rieche, werde ich in Gedanken sofort zu dir gebeamt.
Also werde ich nun auch zu Hause sehr oft Zimtschnecken backen, bis wir uns endlich wiedersehen.

DONNERSTAG, 06.10.

Abenteuer

Du hast dir etwas für mich überlegt, und erst bin ich gar nicht sicher, ob ich die Idee wirklich toll finde. Letztendlich bin ich mehr als froh, dass ich mitgemacht habe, ach, mit dir würde ich sowieso überall hingehen. Aber von vorne. Um die Stadt zu erkunden, wollen Alma, Marie und Gustav eine Bustour machen.
»Da hab ich eine bessere Idee für uns«, hauchst du mir ins Ohr.
Eine Stunde später weiß ich, warum du mir am Morgen von deinem Lieblingsbuch »Karlsson vom Dach« erzählt hast. Auch wir gehen aufs Dach, und zwar zu einer »Rooftop-Tour«. Ich denke, du machst einen Scherz, als du mir strahlend erzählst, dass wir eine Stunde lang die beste Aussicht auf die Stadt haben werden. Kaum zu glauben, aber wir spazieren in einem Klettergeschirr, nur von einem Karabiner an einem Stahlseil gesichert, in über vierzig Metern Höhe von einem Haus zum anderen. Ach du Schreck! Als ich meine Angst überwunden habe, ist es einfach atemberaubend. Ich fühle mich frei wie ein Vogel. Unter uns liegt Stockholm und erinnert mich an eine kleine Legostadt. Doch am schönsten ist dein Gesichtsausdruck: Du siehst aus wie ein Bergsteiger, dem die Welt zu Füßen liegt. Da schließe ich mich gerne an.

FREITAG, 07.10.

Back to the Roots

Marie fährt mit uns aufs Land, und zwar zu ihrer Freundin Freya. Hier haben wir das Mittsommerfest gefeiert und diese wirklich peinlich-sonderbare Nacht in dem kleinen Dachzimmer verbracht. Damals wollte ich dir am liebsten eine scheuern, weil du immer so gegrinst hast und ich nicht wusste, warum. Jetzt liegen wir hier auf den Matratzen, und all das fühlt sich unwirklich an. Ist Mittsommer tatsächlich erst drei Monate her? Ich kann mir gar nicht mehr vorstellen, wie es davor war, also ich meine, vor meinem Sommer in Stockholm.

Maries und Almas Lachen schallt zu uns herauf. Alma, die sonst immer recht früh schlafen geht, scheint dank Marie einen großen Energieschub bekommen zu haben. Bisher war sie noch keinen Abend früh im Bett, aber die beiden Freundinnen haben sich ja auch so viel zu erzählen. Was wir uns wohl in einigen Jahrzehnten zu erzählen haben?

Als du aus dem Badezimmer kommst, hüpfe ich dir entgegen wie ein Frosch und rufe »Små grodorna«. Du nimmst mich in den Arm und flüsterst mir ins Ohr: »Du bist einfach zu süß, mein kleiner Frosch.«

SAMSTAG, 08.10.

Mitten ins Herz gejazzt

Das Nachtleben in Stockholm ist aber auch wirklich der Knaller. Zwar müssen wir um elf wieder zu Hause sein, du hast aber ein Restaurant entdeckt, in dem es schon ab acht Uhr Livemusik gibt. So etwas Cooles hab ich selten gehört. Was der Kontrabassist, der Saxofonist und der Pianist da spielen, klingt wie eine Mischung aus Jazz und Hip-Hop. Wenn ich nicht sowieso schon so gute Laune hätte, dann hätte ich sie jetzt. Wie du mit dem Kopf im Takt wippst und mir immer wieder liebevolle Blicke aus deinen strahlenden hellblauen Augen zuwirfst, macht mich glücklich. So glücklich, dass ich in diesem Moment am liebsten allen Menschen etwas davon abgeben möchte.

Ich wünsche mir:

- **Dass uns nie die Ideen ausgehen, zusammen besondere Dinge zu unternehmen.**
- **Dass wir glücklich bleiben.**
- **Dass das Gefühl nicht aufhört, mit dir zusammen sei alles möglich.**

SONNTAG, 09.10.

Versöhnung macht Spaß

Eigentlich hat es ganz harmlos angefangen. Ich stichle ein bisschen rum wegen deiner Ex, übertreibe es dann, jedenfalls ist deine Laune auf einmal im Keller, und du bittest mich unmissverständlich und im scharfen Ton, damit aufzuhören. Dann herrscht erst mal Schweigen zwischen uns. Ich ärgere mich richtig, dass ich die Stimmung kaputt gemacht habe, mir fällt nur leider auch nichts Kluges ein, was ich sagen könnte, um uns da wieder rauszuholen. Deshalb streichele ich einfach deine Hand, doch du bleibst stur. Nach gefühlten drei Stunden Schweigen (in Wirklichkeit waren es wahrscheinlich weniger als drei Minuten) knuffst du mich in die Seite, guckst dabei aber betont ernst. Plötzlich stürzt du dich auf mich und kitzelst mich durch. Ich lache so sehr, dass ich irgendwann nicht mehr kann, du hörst aber trotzdem nicht auf. Daraufhin schnapp ich mir ein Kissen und werfe es dir an den Kopf. Das Ganze artet in eine wilde Kissenschlacht aus, die bestimmt auch bis ins Wohnzimmer zu hören ist. Was die anderen wohl denken, was wir hier tun? Wir machen so lange weiter, bis wir erschöpft und lachend auf dem Kissenberg zusammenbrechen. Es folgt der schönste und längste Kuss überhaupt, und unsere Herzen rasen dabei wie verrückt.

MONTAG, 10.10.

Candle-Light-Dinner

Marie hat deine Kochkünste hoch gelobt. Zwar haben wir im Sommer oft zusammen gekocht, aber heute Abend kochst du ganz allein für mich. Alma und Marie machen einen »Mädelsabend«, und wir haben sturmfreie Bude. Du warst nachmittags einkaufen, nachdem du wieder und wieder konzentriert deine Listen durchgegangen bist. Jetzt stehst du in der Küche, und da ich nicht mithelfen darf, sortiere ich die Fotos, die ich bisher geschossen habe.

Als Vorspeise servierst du mir stolz deine selbst gebackenen Lachsbrötchen. Die schmecken vielleicht gut! Du bist richtig ins Schwitzen gekommen beim Kochen, jedenfalls sind deine Wangen gerötet. Das sieht so süß aus, dass ich dir erst mal einen Kuss geben muss. Als Hauptspeise gibt es Heringshappen mit Kartoffeln, die du zu Dreiecken geschnitten hast. Ich esse so viel, dass ich kaum glauben kann, dass ich den Nachtisch noch schaffe. Als ich aber sehe, was du gebacken hast, geht es plötzlich doch. Dein Apfel-Marzipankuchen mit Vanilleeis ist ein Traum!

Hinterher ist mir schlecht, aber es hat sich gelohnt. Du bekommst von mir fünf Sterne als allerbester Koch der Welt!

DIENSTAG, 11.10.

Schlaflos in Stockholm

Lieber Jesper,

wir haben heute viel geredet und gelacht, doch seit heute Abend bin ich sehr traurig, denn es ist unsere letzte gemeinsame Nacht. Es war so schön, wie wir aneinandergekuschelt eingeschlafen sind, doch leider bin ich nach einer Weile aufgewacht, und jetzt kann ich nicht mehr einschlafen. Wecken will ich dich nicht, denn du siehst so lieb und friedlich aus, wie du neben mir schläfst.

Morgen fliegen Alma und ich zurück, aber ich will noch hierbleiben! Ich hab richtig Angst, mich morgen von dir verabschieden zu müssen. Dann können wir uns wochenlang nicht sehen, und obwohl du in diesem Moment neben mir liegst, habe ich schon jetzt das Gefühl, dass du unerträglich weit weg bist.

Eigentlich will ich auch gar nicht wieder einschlafen, denn dann vergeht die Zeit viel zu schnell, und wenn wir aufwachen, müssen wir schon bald zum Flughafen fahren. Ich kuschel mich jetzt wieder an dich und werde jede Sekunde genießen, bis der Wecker klingelt oder bis Marie wieder eines ihrer einzigartigen Lieder anstimmt. Als Kind habe ich mir mal vorgestellt, es gäbe eine Uhr, die rückwärtsläuft. Wäre die doch nur schon erfunden!

Ich hab dich so lieb.

Dein Taminchen

MITTWOCH, 12.10.

Abschied

Leider habe ich es doch nicht durchgehalten, die ganze Nacht wach zu bleiben und dich bewusst zu genießen. Um kurz nach acht höre ich Schritte auf dem Flur, und gleich danach geht mein Handywecker los. Wir bleiben einfach liegen und halten uns fest. Ich wünschte, der Moment würde ewig dauern. »Das Flugzeug wartet nicht!«, ruft Marie um halb neun vorsichtig durch die geschlossene Zimmertür. »Leider«, fügt sie sehr traurig hinzu.
Als ich Alma sehe, werde ich sogar noch trauriger. Sie sitzt in der Küche und blickt mit hängenden Schultern auf ihren gepackten Koffer. Marie versucht, die Stimmung hochzuhalten, doch es gelingt ihr nicht.
Den Stockholmer Flughafen liebe und hasse ich. Er gibt mir die Möglichkeit, dich zu besuchen, aber jetzt trennt er mich wieder von dir. Unser letzter Kuss hat etwas Verzweifeltes. Ich kann es nicht lange ertragen, dich, Marie und Gustav so bedrückt dastehen zu sehen, deshalb laufe ich, so schnell es geht, durch die Sicherheitskontrolle.
Während des Flugs schauen Alma und ich uns auf meinem Laptop alle Fotos an und können nicht glauben, wie schnell die Tage vergangen sind und was wir in der Zeit alles erlebt haben.

Zum Glück sind in unserem Buch noch genügend Seiten frei, sodass ich auch unsere gemeinsamen Weihnachtsferien festhalten kann, und natürlich auch alles andere zwischendurch.
Neben meinem Bett liegt das Bild von dir mit den vielen kleinen Comics von uns, auf dem ich in der Mitte jeden Tag ein Kästchen zum Abstreichen habe. So sehe ich wenigstens, dass es vorangeht, denn die meiste Zeit fühlt es sich nicht so an.
Im Flugzeug habe ich ein Gedicht für dich geschrieben, als ich so traurig war.

Fliegen

Ich fliege zu dir
In meinen Gedanken

Wann immer ich will
Du bist schon da

Ich fliege zu dir
In meinen Gedanken

Wo immer ich bin
Ob fern oder nah

Jag älskar dig!

Pink